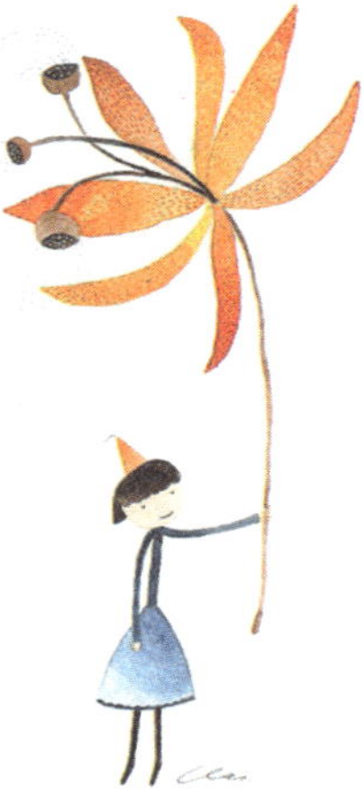

每天读一点 爱上阅读 享受阅读

快乐书香 爱上阅读 享受阅读　每天读一点 | 世界动物文学名著 V

吉尔达河边的浣熊

Ji Er Da He Bian De Huan Xiong

【加】欧内斯特·汤普森·西顿/著

山东城市出版传媒集团·济南出版社

图书在版编目(CIP)数据

吉尔达河边的浣熊 / (加) 欧内斯特 · 汤普森 · 西顿著 ; 铃兰改编. — 济南 : 济南出版社, 2020.6(2022.11 重印)
(每天读一点. 世界动物文学名著. V)
ISBN 978 - 7 - 5488 - 4318 - 4

Ⅰ. ①吉… Ⅱ. ①欧… ②铃… Ⅲ. ①儿童故事—作品集—加拿大—现代 Ⅳ. ①I711.85

中国版本图书馆 CIP 数据核字(2020)第 098885 号

出 版 人	崔 刚
责任编辑	张伟卿 姚晓亮
装帧设计	张 倩
出版发行	济南出版社
地 址	山东省济南市二环南路 1 号(250002)
编辑热线	0531 - 86131741
发行热线	0531 - 67817923 86922073 68810229
印 刷	山东省东营市新华印刷厂
版 次	2020 年 6 月第 1 版
印 次	2022 年 11 月第 2 次印刷
成品尺寸	148 mm × 210 mm 32 开
印 张	6.75
字 数	104 千
印 数	3001—5000 册
定 价	29.80 元

【特别推荐】

生命的力量

我喜欢“动物小说之父”西顿的动物小说。因为他本身就是热爱大自然，喜欢观察、研究飞禽走兽的博物学家、社会活动家和作家。他笔下的故事，都是真实的，他通过讲述这些故事告诉我们：动物与人类一样，在各自的世界里，都是生命的主角，一生丰富多彩，都彰显出生命强大的力量。

《吉尔达河边的浣熊》讲述了住在吉尔达河边的一家浣熊的故事。它们家里有浣熊爸爸、浣熊妈妈，还有5只可爱的小浣熊宝宝。其中，有一只叫作“球球”的小浣熊特别调皮，又很机灵。它是5个宝宝中胆子最大、表现最勇敢的一个。爸爸妈妈教会了它们如何捕食和警惕敌人。因为太调皮，球球经历了被人捉，被人圈养，被猎狗当成陪练等角色，最终它在一次野外训练中逃生，并踏上返乡的旅途，如愿回到童年生活的地方。它启示我们，只有具备坚定的信念与聪明才智，才能实现目标。

《脚印的秘密》讲述的是一个年轻猎人伊杨与一只公野鹿的故事。偶然间，年轻的猎人遇到一对野鹿，便对它们念念不忘。在一年捕猎中，伊杨的同伴打死了母鹿，伊杨感觉有些难过。但他对公鹿更感兴趣，于是继续追踪下去。最后找到公鹿后，伊杨却没有端起猎枪，而是选择放过它，从此与野生动物成为朋友。很多动物的精神值得我们学习，它们坚强、隐忍、充满智慧，每每读到它们对于同类的悲悯，对于入侵者的无畏，都会让人感觉到一种崇高的悲壮之美，体现出生命最原始的坚韧不拔。

《白色驯鹿传奇》讲述了一只通体白色的雄驯鹿的传奇故事。它从小就听话又刻苦，后来接替母亲瓦尔成为鹿群的头领，多次赢得过动物之间的竞技比赛，获得了若干荣誉。周围的人们和岩石上的鸟儿都为它感到骄傲。而它在被不怀好意之人利用时，又表现出抗争的一面，由于受到不公正待遇，不断被打骂，它忍无可忍，选择了与坏人同归于尽。

《荒地警棍》讲述了一只大黑狼的故事。大黑狼名叫梅恩，而猎人则喜欢称呼它为“荒地警棍比尔”。它从小失去了父母，被另一只母狼收养，并被当成亲生孩子来哺育。养母死后，这只大黑狼日益强大，最终成为狼群的首领，数次与猎人周旋都胜利逃脱。它的坚强、耐力与守护同伴的行为，让人十分敬佩。它的精神甚至值得我们人类深深地敬仰和学习。

是的，所有的生命最终都会消逝。动物世界的生存法则是残酷的，生命虽然短暂，但只要有那么一刻能够震慑、涤荡过人类的心灵，使人执着勇敢地面对一切，生命的存在便有了更大的意义。

如今，我们虽然没有条件经常与野生动物亲密接触，但可以通过阅读获得一个神秘开阔的世界。脚步无法到达的地方，阅读可以，这就是读书的意义。这些野生动物的故事并不只是传说，它们曾在并不遥远的时代与我们的先人共存，高山流水、森林田野都曾留下过它们生命的痕迹，值得我们追索、怀念。

目 录

吉尔达河边的浣熊

第一章　浣熊的新居 / 002

春天来了，万物复苏，森林也热闹起来。一对浣熊夫妻从遥远的地方来到这片森林，想要找个合适的住处，给即将出生的小宝宝一个安全舒适的家……

第二章　淘气的球球 / 007

浣熊妈妈生了5只可爱的小宝宝，其中一只个头最大的特别不听话，有一天，它不小心滑到树下的河里了……

第三章　第一次捕食 / 013

小浣熊们渐渐长大了，爸爸妈妈决定带它们到树下，教它们捕食，它们学得怎么样呢？

第四章　到处有危险 / 020

在丛林中，危险无处不在。小浣熊们第二天晚上爬到树下，又会遇到什么情况呢？

第五章　不打不相识 / 026

又一个月朗星稀的夜晚，浣熊夫妻带孩子们到了一处新的河岸，在那里遇到另一个浣熊家族，它们之间会如何相处呢？

第六章　球球被捉住 / 033

球球不听妈妈的话，独自跑到一条河边捕猎，没想到，却被猎人布下的夹子夹住了前爪，它最终逃脱了吗？

第七章　不断闯祸 / 040

球球在新主人的家里，做了许多不可思议的坏事，它都做过什么呢？

第八章　逃出魔掌 / 049

球球作为训练猎狗的猎物被放到森林中，它决定利用这个机会逃跑……

第九章　重回母亲河 / 056

终于到了深夜，树林里一片漆黑，除了风声，周围一点动静都没有……

脚印的秘密

第一章　神秘脚印 / 060

年轻的伊杨在一片森林中发现一串梅花状脚印，他断定那是野鹿的脚印，而村里的老人却说，野鹿早就绝迹了，到底是谁留下的脚印呢？

第二章　惊艳亮相 / 064

伊杨继续顺着脚印找下去，终于发现两只巨型野兽，它们到底是什么呢？

第三章　神秘公鹿 / 068

自从遇到那两只野鹿，伊杨就对它们念念不忘，他决定再次出发，去捕猎它们，他能如愿吗？

第四章　冒险行动 / 071

转眼一年过去，在新的打猎季，伊杨又有什么收获呢？

第五章　再见野鹿 / 078

伊杨终于再次见到了他梦寐以求的野鹿，这次的情形如何呢？

第六章　短暂相遇 / 082

伊杨在打猎时遇到一位古利族猎人，而这位猎人也在追赶野鹿。他们能找到野鹿吗？

第七章　猎杀母鹿 / 088

新的打猎季节到了，伊杨和同伴幸运地捕杀到一只母鹿，然后，他却感到非常难过，这是为什么呢？

第八章　跟踪公鹿 / 095

同伴们受不了野外的寒冷，带着猎物回家了。伊杨独自留了下来，继续追踪公鹿的下落，这次他的运气如何？

第九章　最后追捕 / 103

发现了公鹿脚印背后的秘密后，伊杨对捕猎那只沙丘公鹿更有信心了。

白色驯鹿传奇

第一章　驯鹿的家园 / 108

挪威山脉尤特鲁河区域是一片植物稀少的寒冷地带，这里看起来没有多少生机，却是驯鹿的家园。

第二章　母驯鹿头领 / 112

即将生崽的母驯鹿有些焦躁，它会在什么地方生下小宝宝呢？

第三章　白鹿的童年 / 120

刚刚一岁的白色小驯鹿，遇到了野狼的攻击，它会转危为安吗？

第四章　赢得比赛 / 127

每年春天，当驯鹿们离开森林迁移到尤特万德荒凉的海岸途中，都会有一场冰上赛事，小白驯鹿表现得如何呢？

第五章　拯救挪威 / 134

当地一个落魄的官员，到处游说大家签名意图谋反，他得逞了吗？白驯鹿又是怎么做的呢？

荒地警棍

第一章　午夜狼嗥 / 150

狼的叫声有三种含义，你知道吗？

第二章　远古时代 / 152

狼喜欢吃牛，不管野牛还是家养的牛，这引起牧民的极大愤慨。于是，便有了捕狼人这个职业。

第三章　养育之恩 / 155

除了梅恩，小黑狼全家都被猎人打死了，它是如何生存下来的呢？

第四章 成长训练 / 162

成长过程中，狼要学会很多技能，具体有哪些呢？

第五章 致命陷阱 / 166

一天夜里，母狼带着小狼出来觅食，发现一只死去的小牛，它们是怎么做的呢？

第六章 狼的失误 / 171

经验丰富的母狼也会有失误，它的失误是什么呢？

第七章 众望所归 / 179

养母死后，梅恩是怎么变成“荒地警棍”比尔的呢？

第八章 大脚野狼 / 183

为了捕到梅恩，人们动用了牧场所有能捕猎的狗，结果如何？

第九章 追捕之下 / 188

猎人全力追赶狼群，终于发现了大黑狼的踪迹，最终猎人捉到它了吗？

第十章 峭壁激战 / 194

猎人们带着15只猎狗追赶梅恩，短兵相接之后，战况如何？

第十一章 落日嗥叫 / 201

大黑狼带领的狼群又开始活跃起来……

吉尔达河边的浣熊

第一章　浣熊的新居

春天来了，万物复苏，森林也热闹起来。一对浣熊夫妻从遥远的地方来到这片森林，想要找个合适的住处，给即将出生的小宝宝一个安全舒适的家……

吉尔达河位于圣保罗一片辽阔而茂密的森林里。每年三月，春天到来的时候，这里到处都是一片生机勃勃的景象。每年这个时候，乌鸦、啄木鸟、百灵等数不清的鸟儿，都会成群结队地飞到这里，它们用生命热情地吟唱，唱着春天的歌谣。它们欢快的歌声在森林里四处回荡，一扫冬日留下的凄冷与寂静。而一些在地面上生活的动物们，自然也不会放弃这片乐土，它们也在春天刚刚到来之际，迫不及待地回到美丽的森林，浣熊就是其中的一员。

这一天，太阳下山后，一对浣熊夫妻抢先来到这里。浣熊的体形要比狐狸大一些，尾巴短而肥厚，身上的皮毛也很蓬松，虽然模样看起来有些笨笨的，但它们的动作却很敏捷，身手也不错。浣熊能爬上十几米高的树，并且把家也安在高高的树上，以躲避地面的危险。这对浣熊夫妻抢先来到这里，就是想在这片森林里寻找合适的新居。

这对夫妻有些与众不同，它们不像其他浣熊那样喜欢走陆地，而是一跃就跳到了横卧在它们前面的一根圆木的顶部，然后一前一后顺着树干“扑通、扑通”地朝前跑去。

跑在前面的小个子是浣熊的妻子，它似乎有些不耐烦，总是很急躁地回头催促跑得有些慢的大个子丈夫，甚至会不时地回头咬它一口。而浣熊丈夫脾气很好，无论妻子对它如何，它总是表现得很温顺。它不急不躁地紧挨着妻子，像个护花使者一样体贴。尽管母浣熊一直跑在前面，但明眼人一看就知道，都是公浣熊有意让着妻子的。母浣熊的身体异常肥硕，走起路来摇摇晃晃，显然它应该是怀孕了，并且快生了。

按照浣熊家族的习惯，母浣熊一定要在临产前找到一个适合养育宝宝的安全新居，所以母浣熊脾气才会如此暴躁。选择新居一般都是由母亲决定，所以母浣熊理所当然地跑在前面，而公浣熊的职责是保护妻子和未来宝宝的安全，所以它总是心甘情愿地跟在后面。

浣熊夫妻在河边的杨树林旁边转了好一会儿，它们东瞧西看，没有停留的意思，显然没有找到令它们满意的新居，它们只好钻到草丛中继续前行。

这对浣熊夫妻一直在急匆匆地行走，很快，它们来到了一片更加广阔的树林，它们在林中转来转去，不停地察看着每一个树洞，想找一个理想的安身之地。就这样，它们来来回回，在一棵又一棵大树前细看，然后还仰起头仔细地逐个量着，看看行不行，然后又离开，向下一棵大树跑去。

浣熊夫妻观看了很久，仍然没有找到满意的地方。那些树，都不是很理想，松树呢，很少有树洞；枫树呢，有的有树洞，有的没有；枯树呢，有树洞，但不一定适合居住，因为浣熊的洞一定要建在高处，这样才可以躲避风险。这对夫妻期待找到一处理想住所，一点不想将就，因此选择起来十分挑剔。它们在很多大树下转来转去，凭着丰富的经验，基本上只要看一眼下面的树根就知道这棵树是不是适合居住。

天色渐渐暗了下来，它们越过一棵棵粗大的树木，开始向两条河流交汇后的转弯处走去，因为河流交汇的地方通常都适合居住。这里有一片沼泽地，还有方便觅食的河流，因此母浣熊很认真地观察着河边的一棵棵树干。

母浣熊的目光落在一棵已经枯干的大枫树上后，终于露出满意的笑容。大枫树正好耸立在满是泥泞的沼泽间，树的高处有一个大树洞，树的底部铺着一层厚厚的软软的木屑，躺上去应该很舒服；树洞的入口很小，旁边的大树枝正好挡住了洞口，可以形成掩护，大树枝看起来也很坚固，可以躺在上面晒晒太阳；树洞里面呢，既干燥又宽敞，完全可以容纳一大家子人。于是，母浣熊决定就在这里安家待产了，公浣熊终于松了一口气。

灵犀一点

为了找到一个舒适安全的家，浣熊夫妻不辞辛劳，察看了很多大树。世界上最无私的爱，就是父母对孩子的爱——这是动物和人类共通之处。

第二章　淘气的球球

浣熊妈妈生了5只可爱的小宝宝，其中一只个头最大的特别不听话，有一天，它不小心滑到树下的河里了……

时间过得真快，转眼间已进入4月份了。

母浣熊在大枫树上的新家里舒舒服服地度过了一个月的时间，它已经顺利地生下了5个健康活泼的浣熊宝宝。

刚出生的小浣熊和婴儿一样，生活非常简单，除了吃就是睡，不吵也不闹，什么烦心事也没有。但是浣熊妈妈却没有那么轻松，它既要给孩子们喂奶，又要把它们收拾得干干净净。但是，当了母亲的浣熊却过得非常快乐，对孩子们也是疼爱有加。

又过了两个月，小浣熊们已经长大一些了，它们开始有了自己的想法，对外面的世界也逐渐充满了好奇。天气晴朗的时候，小浣熊们通常会跑到洞穴外面去，横躺在树枝上，懒洋洋地晒着太阳，呆萌呆萌的样子，十分可爱。

日子在平静安详中一天天过去，5 只小浣熊渐渐长大，个性也鲜明起来。有一只小浣熊胖乎乎的，动作也慢腾腾的，总是比别的小浣熊慢半拍，就是简单的进洞和出洞，它也总是最后一个。有一只小浣熊呢，胆子特别小，在河边喝水的时候，它甚至会被自己的影子吓到；还有一只小浣熊呀，个头特别大，做事却总是手忙脚乱、慌慌张张的，这让浣熊妈妈很担心，生怕它闯出什么祸事来。这只个头最大的浣熊宝宝，就是我们这个故事的主人公——球球。

随着小浣熊们一天一天地长大，浣熊妈妈的烦恼也变得越来越多了。在妈妈的庇护下，小浣熊们一直在快乐中成长，还不知道什么是危险。它们只要吃饱了饭，就会不管不顾地打打闹闹、追逐嬉戏。而它们的妈妈却不像表面那样轻松，它总是很紧张地看护着孩子们，时刻关注着宝宝们的安全，并不时提醒调皮的小浣熊们绝对不可以到树下的地面上去玩，只可以在洞门口玩，或者到高处的树枝上玩。此时，树下面的树皮已经开始脱落，对于小浣熊们来说，树干很滑、很危险。可妈妈越是禁止，淘气的球球对地面的好奇心就越大，它总是想寻找机会，避开妈妈到下面去看看。

有一天，球球和它的兄弟们在高高的大树杈上晒着太阳，浣熊妈妈不知在洞里忙着什么，没有顾上照看孩子们在外面的活动。球球看到妈妈没跟在身边，遇到这样的好机会，怎么会放过呢？于是它偷偷地从大树枝上溜了下来。它悄悄躲过妈妈的视线，一溜烟地跑到了光滑的树干旁。它想顺着树干慢慢地爬下去。但是树干太光滑了，完全超出了它的控制能力，它的脚刚伸下去，两只前脚还没来得及抱住树干，身子就已经完全失控，不由自主地快速向下滑去。

球球没想到会这样，这种状况它从来没遇到过，它被吓坏了，手忙脚乱地四处乱抓东西。可它爬树的经验实在太少了，抓到的树枝不是太细，承受不住它的体重，就是太脆，一抓就断。这太出乎球球的意料了，它很快就滑到了下面，“扑通”一声，掉进了水里。

响声惊动了正在悠闲地晒太阳的其他小浣熊们，它们可从没见过小浣熊掉到下面河里的情景，都被吓坏了，尖声惊叫着，呼唤妈妈快来救救球球。

听到孩子们惊慌的尖叫声，浣熊妈妈飞快地从洞里跑了出来，它一眼看到在下面沼泽里不断扑腾的球球，急忙滑下树干。这时的球球已经被河水冲到了不远处的沙滩上。

幸运的是，球球看起来并没有受伤，它已经很快从沙滩上跑到附近的一棵树下去了。

浣熊妈妈看到球球还能跑跳，知道它并未受伤，就重新回到树上的洞穴里，气得不再理球球。浣熊妈妈并不是不想要它了，它只是想惩罚一下这个淘气的孩子，让它独自在外面待着。

球球很快就从刚才的惊吓中回过神来，看到自己平安无事，心里不免有些得意。在下面快乐地欣赏着以前从未看过的美景，感觉很是惬意，很快就忘记了它刚才所受到的惊吓。

而其他小浣熊看到下面的球球自由自在的样子，反倒有些羡慕起球球了。它们的视线都被球球的举动吸引了，一直盯着球球在地面上的活动，心里开始盘算着，什么时候自己也掉下去，感受一下球球的快乐。

不过很快，球球就尝到了苦头。它自己玩得无聊，想要回家时，发现自己要想顺着光滑的树干回到温暖的家可不是件容易的事情。球球抱住树干，努力地用脚使劲向上爬，可是树干太光滑了，它的脚怎么也用不上力气，没爬两步，就会滑下来。它着急地一遍遍试着爬树，直到累得气喘吁吁，仍然没有成功。它开始泄气了，无奈地向妈妈求助，可妈妈只是到洞口看了看，并没有想帮它的意思。球球着急了，它开始拉长声音悲伤地大叫起来。妈妈看到球球已经受到了惩罚，这才不慌不忙地再次从树上滑下来。只见它用嘴巴咬住球球的脖子，再用前爪夹住它，然后转到树干的另一侧，原来这一侧的树干有两条长长的能够用爪子抓住的裂缝。浣熊妈妈让球球抓住树干上的裂缝，站立起来，自己则在下面用力地推它，球球这才爬到了树上。

回到树洞之后，浣熊妈妈并没有放过球球，它重重地拍打着球球的屁股，严厉地训斥它太莽撞，太不听话。但是，很快球球好像就忘记了刚刚的窘态，并没有在意自己的这次遭遇，反而对外面的世界越发向往了。

从那以后，球球经常呆呆地往下看着，眼里充满了探索的欲望。

灵犀一点

成长的过程总是充满好奇，往往因为无知而无所畏惧。不过，实践、体验都是成长过程所必须经历的，在这个过程中，保护好自己是最重要的。

第三章　第一次捕食

小浣熊们渐渐长大了，爸爸妈妈决定带它们到树下，教它们捕食，它们学得怎么样呢？

自从球球那次冒险爬到树下，转眼已过去两个星期了。球球对于地面的好奇心，越来越有些按捺不住。自从见识过树下的景致，在树上的每一天球球都觉得无聊，在它的絮絮叨叨之下，球球的兄弟们也和它一样，产生了溜到树下的念头。

有一天，浣熊妈妈看到孩子们在树干上七嘴八舌地说着想去树下的愿望，感觉它们又长大了一些，觉得是时候带孩子们到树下去长长见识了。

那天晚上是一个好天气，圆圆的月亮高高地挂在天上，月色下的森林看起来非常静谧美好，甚至可以看见十几米之外树木的影子。这是浣熊妈妈特意挑选的夜晚，它们的视力非常好，即使在夜间也可以自由活动，轻松捕到食物。

但是，要想教会小浣熊捕猎，必须是天气晴朗、月光够亮才能教得好。而白天，大部分动物都会出来活动，包括浣熊的天敌在内，虽然光线明亮，可以看得更清楚，但对浣熊们来说就会太危险了。所以，只有在洒满月光的夜晚才最合适。

在浣熊妈妈教孩子们捕猎时，浣熊爸爸也十分警惕，它会先从树上爬下去，提前侦察一下附近的环境是否安全。前后左右察看一番，确定没有危险后，它才会发出信号——一声很轻很轻的低叫。浣熊妈妈听到丈夫温柔的呼唤声，便会带着它可爱的小浣熊们高高兴兴地往树下爬。它们学着妈妈的样子，把爪子放在光滑树干上的那两条裂缝上，然后慢慢地爬下来。

第一次来到树下面的世界，小浣熊们对一切都很好奇，觉得每一样东西都是那么新鲜有趣，无论碰到什么都会伸出爪子小心地触碰一下，或者试探性地摸一摸，胆子大的会拿起来放在鼻子上闻一闻。什么枯树叶呀，杂草呀，小石头呀什么的……总之，地面上的一切东西，它们都会感到新鲜又惊奇。

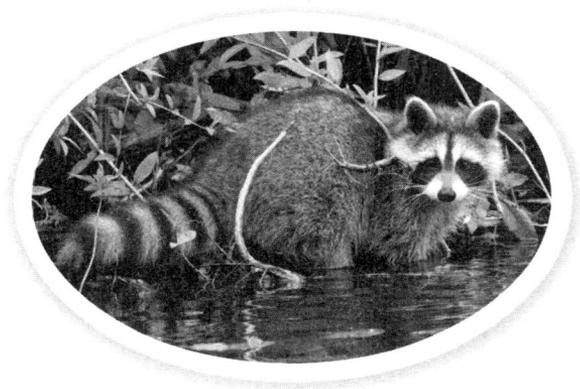

最让小浣熊们感兴趣的是水，月光下的河水波光粼粼，神秘莫测，看起来可以摸得着，但是只要用爪子一碰，却什么也抓不到，水都从指缝间流走了，真是太不可思议了！这种奇怪的东西，引起小浣熊们极大的兴趣，它们兴奋地在水面上拍拍打打，玩得很开心。

很快，小浣熊们又发现在吉尔达河边还有更有趣的玩法，它们几个小家伙绕着几棵大树，转着圈互相追逐着，打闹着，欢叫着，一会儿又一起滚进地面的小窟窿里面……它们从来没有这么开心过，玩得兴致盎然，欢腾不止。

不过，浣熊妈妈可不是让它们单纯来玩耍的，它很快就把孩子们叫到身边，开始教它们捕获食物。浣熊妈妈在沼泽边做起了示范，只见它把两只前爪都放进了水里，来回不停地搅动着，触摸着，两只眼睛一边盯着爪子下面，看看是否捕到了食物，还不时警惕地抬头注视着远方的森林，时刻关注着四周是否有敌人出现，以确保孩子们的安全。不过，这并未妨碍浣熊妈妈捕食的速度，没过一会儿，只见它的爪子就像变戏法一样，抓了一大把猎物上来，什么螃蟹啊、鱼啊、青蛙啊……两只前爪握了满满一大把。

小浣熊们看到妈妈手里那些新鲜的食物，兴奋地叫了起来。它们羡慕地看着妈妈，忍不住学着妈妈的样子，一本正经地把手伸出来。它们很乖巧地在水边一字排开，也把两只前爪伸到水里，在柔软的淤泥中不停地来回搅动。有些着急的小浣熊，甚至没等把水搅浑，便不耐烦地用爪子抓啊抓，有的抓到了植物的根，有的还抓到了石头，不过最后它们都抓到了软软的还不停乱动的东西，那就是它们可口的夜宵了。

浣熊妈妈知道，孩子们能抓到食物只是第一步，这是不够的，它们还应该知道怎样正确地吃下去才行。但是，小浣熊们可顾不上这个，它们抓到食物之后很兴奋，迫不及待地就把爪子上的东西送到嘴里，显然，它们没有意识到爪子里除了食物，还有大把大把的泥沙呢！尤其是球球，它抓到一把蝌蚪，一下子全塞进了嘴里，结果自然是泥沙俱下，它的牙齿一下子就被硌得“咯嘣”一声，疼得它张开大嘴，急忙把沙子连同蝌蚪一起吐了出来。其他小浣熊也接受了相同的教训。

经过这次教训之后，球球学聪明了，抓到食物时，再也不敢一把塞进嘴里，而是抬头仔细观察妈妈是怎样做的，然后再行动。只见浣熊妈妈先把东西放在水里清洗干净，爪子里只剩下干净的食物时才放进嘴里。小浣熊们学着妈妈的样子去做，很快也学会了。它们再次兴致勃勃地把前爪伸进水里搅拌，抓到食物后，马上把食物放进水里清洗，然后放进了嘴里，这一次，它们尝到的果然全都是美味了。

球球虽然很调皮，但也很聪明，它是学得最快的，其他小浣熊有些胆小，因此没有球球进步得快。球球只练习了几次，就做得很好了，其他小浣熊一遍遍地练习，虽然慢一些，但最后也都学会了在水中捕捉食物。它们之所以学得这么快，皆是因为在水中捕食这件事，实在是太有趣了。

正当它们兴致勃勃地继续练习捕食的时候，却听到浣熊爸爸发出一声低沉的叫声，这是浣熊爸爸发出的危险信号，意思是：“危险，快点儿回去！”小浣熊们听到爸爸短促的低吼声，马上停止了动作，从水里急急忙忙地跑到岸上。

虽然小浣熊们还不知道会有什么可怕的事情发生，可是它们从爸爸不安的叫声和妈妈慌张的神情中，已感觉到了危险。在这种紧张的气氛下，它们急忙跑到妈妈身边。在妈妈的引导下，它们立刻排成一排，很快有序地爬上树，回到了温暖舒适又安全的家——树洞里，它们拥挤在妈妈周围，看着紧张不安的妈妈，谁也不敢发出声音。

这时，从遥远的下游传来“汪汪汪”的狂叫声，像是来了一只极为凶恶的猛兽。浣熊妈妈仔细听着那个声音，担心着浣熊爸爸的安全。好在浣熊爸爸还是很有经验的，过了一会儿它就平安回来了。

浣熊爸爸浑身湿漉漉的，显得非常慌张，它喘着粗气，向妻子诉说着刚才的遭遇。原来，那个可怕的猛兽就是狡猾的猎狗，为了甩掉它的追击，浣熊爸爸费了很大劲儿。猎狗是很善于追踪的，它很擅长依靠追踪对方的足迹和气味找到猎物。为了甩掉它，浣熊爸爸故意绕了一个大圈子，又从河里游了一圈，把自己的气味都用河水冲洗掉，这样，再狡猾的猎狗也追踪不到浣熊爸爸了。

猎狗在河水面前无能为力，它在浣熊爸爸故意留下气味的地方转来转去，什么也没找到，只好走开了。浣熊爸爸和浣熊妈妈终于放心地松了一口气。

这个夜晚的经历，让小浣熊们久久不能平静，它们学到了很多东西，知道怎样在河边寻找东西吃，知道如何辨别哪种声音是猎狗可怕的叫声，知道当爸爸发出危险的信号时，大家都要迅速逃离，爬到树上，躲进树洞里。

小浣熊们终于懂了，树下的世界不但有食物，也有危险。但是它们对树下的世界还是充满着向往，盼望着能再次出去学习捕捉更多的猎物。

灵犀一点

小浣熊的第一次捕食经历，让它们终生难忘。事实证明，只有当你亲自去经历时，你所获得的经验才最多、最可靠。

第四章　到处有危险

在丛林中，危险无处不在。小浣熊们第二天晚上爬到树下，又会遇到什么情况呢？

第二天醒来，小浣熊们都在树上玩耍，玩累了就睡觉。很快，夜幕又降临了，月色如银，像昨晚一样好，小浣熊们都以为妈妈还会带它们下去捕食。可是，浣熊妈妈好像并没有下去的打算，它对昨天的事情还心有余悸，而且凭直觉隐约感觉到，最近树下似乎并不安全。

但是小浣熊们却不管这些，它们还没有意识到危险是什么，只是一门心思地想快点儿到树下去找吃的。特别是好动的球球，它焦躁地在洞里转来转去，不停地嚷嚷着要吃东西，一刻都不消停。的确，一整天没吃食物的小浣熊，它们也实在是饿坏了。

浣熊夫妻被孩子们吵得有些不耐烦了，于是，浣熊妈妈跑到树洞上面的大树枝上，左右察看一番，又竖起耳朵仔细听了听周围的动静，感觉似乎并没有什么危险。过了一会儿，浣熊妈妈确认万无一失后，便向孩子们发出了下树的信号。小浣熊们欢欢喜喜地一个跟着一个从树上爬了下来，它们跑向河边，看到它们喜欢的河水，开心得连饥饿都忘了。它们像昨天那样嬉戏玩耍，直到在河里玩够了，才开始认真地捕食。

球球是第一个找到食物的，这次它的运气不错，抓到一只大大的青蛙。球球看着青蛙，非常兴奋，在手里抓了半天也不舍得吃下去。另外几个小家伙很羡慕球球的运气，也努力地寻找着食物，它们前爪伸进水里，不停地搅着，一会儿它们也都抓到了青蛙，兴奋得和球球一样。

小浣熊们在河边快乐极了，它们一边寻找着食物，一边玩耍。调皮的球球只玩了一会儿，就开始不满足于只抓几只青蛙，它更想尝试新食物。后来，球球又发现了一只特殊的“青蛙”，这只“青蛙”有些不同，它看上去比其他青蛙漂亮许多，而且小小的身体上竟然还有两扇门，看起来似乎硬硬的，但是在门中间的位置，却有一团很肥美的鲜肉。

球球看到这个新鲜东西，高兴得有些忘乎所以，也不向妈妈请教这是什么，就立刻抓了过去。可是那扇门眨眼间就关上了，让球球没想到的是，自己的爪子一下子就被那两扇门给紧紧地夹住了。球球疼得大叫起来，急忙向妈妈求救。浣熊妈妈听到球球的呼救声，立刻紧张地跑了过来，当它看清楚球球的情况后，马上就放松下来，看得出，浣熊妈妈对于如何处理这样的事情，早就胸有成竹。

原来，球球抓到的根本不是青蛙，而是一只河贝。河贝的贝壳很硬，遇到危险它就会关闭贝壳保护自己。但坚硬的贝壳对浣熊妈妈来说可不是什么难事，它尖利的牙齿一口咬下去，那河贝便碎了一角。很快，浣熊妈妈就把贝壳咬碎了，河贝也疼得张开了嘴巴，球球很快抽出前爪，看了看，并没有受很重的伤。球球没有忘记那团鲜美的肥肉，它抓出肉在水里洗了一下，放到嘴里，真是好吃极了！

小浣熊们能够无忧无虑地吃得这么高兴，全是因为浣熊爸爸一直趴在一个隆起的树根上，时刻紧绷着安全的弦，做着安全警戒。只见浣熊爸爸警惕地环顾四周，全神贯注地照看着孩子们的安全，不时发出低沉的叫声。而浣熊妈妈为了保障孩子们的安全，也和浣熊爸爸一样忙个不停。浣熊妈妈会沿着流淌的河水不停地来回奔跑着，它在用这样的方式搅乱孩子们留在周围的气味，不给敌人留下追踪的线索，因为很多敌人都是靠气味寻找猎物的。

浣熊妈妈根据自己以往的经验，总觉得危险离它们越来越近，它必须保证孩子们的安全。它在河水中跑来跑去，忽然，它停了下来，仔细地听了一会儿后，紧张地冲孩子们大声呼喊着，告诉它们有危险，赶快爬回树上。小浣熊们玩得正在兴头上，谁也不想回去，特别是球球，更是磨磨蹭蹭，但是它想起上次被妈妈打了一顿，最终还是和其他兄弟们一块儿爬回了树上的洞穴里。

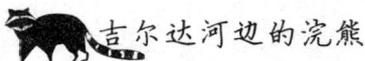

就在浣熊一家刚刚爬回洞里的时候，远处传来一阵急促的低鸣声，小浣熊们根据从妈妈那里学来的知识，知道那是狐狸的声音。这时，从洞穴附近不远处的一棵树上，传来一只麻雀叽叽喳喳的叫声。小浣熊们对这些声音都很熟悉，它们现在觉得妈妈太大惊小怪了，让它们都没吃饱就慌慌张张地跑回来了。

可是，没过多久，小浣熊们就改变了刚才的看法，因为的确有别的声音传了过来，那声音很弱，它们还听不太清楚，但是浣熊爸爸、妈妈已经听得很清楚了，并且已经知道那是什么声音了，它们听到那个声音，开始不由自主地发抖。特别是浣熊妈妈，它紧张地用两只前爪紧紧地搂着孩子们，悄声示意孩子们不要发出声音，好像有什么东西要把它们夺走似的。

不一会儿，小浣熊们已经听得很清楚了，那是“汪汪”的叫声，随后，又传来树木被折断的声音。浣熊妈妈严肃地告诉孩子们，那是猎人牵着猎狗来寻找猎物了，这猎物就包括它们浣熊。随后，浣熊妈妈又向孩子们讲述了自己曾经见过猎人和猎狗所经过的森林的样子，他们所到之处，动物们很难逃命，都被他们接连杀死了。

小浣熊们听到这样的故事，开始认真地记住这些声音。就在浣熊一家忐忑不安的时候，在距离浣熊家很近的地方，猎狗突然猛烈地叫了起来，小浣熊们的心脏紧张得扑通扑通地跳，但猎人和猎狗并没有在这个地方停留，原来猎狗闻到了狐狸的气味，它们便转向另一个方向追击狐狸去了。

但是，浣熊爸爸和浣熊妈妈一刻都没有放松警惕，仍然仔细地倾听着渐渐远去的声音，猎人和猎狗们的动静距离它们已经很远了，直到声音完全消失了，它们才长出了一口气。

灵犀一点

在弱肉强食的森林中，危险无处不在，只有时刻警惕，才能化险为夷。

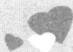

第五章　不打不相识

又一个月朗星稀的夜晚，浣熊夫妻带孩子们到了一处新的河岸，在那里遇到另一个浣熊家族，它们之间会如何相处呢？

自从猎人和猎狗来过浣熊家所在的这片树林以后，浣熊妈妈更加小心谨慎了，现在，只要听到来路不明的声音，浣熊妈妈便会禁止孩子们到树下觅食。特别是白天，浣熊妈妈对孩子们更为严厉了，有时候甚至不让它们走出树洞。

小浣熊们哪会安心待在树洞里呢？没过多久，它们就觉得太无聊了，开始反对妈妈的做法。涉世未深的小浣熊，都认为妈妈大惊小怪，太胆小怕事，特别是球球，更是急得上蹿下跳，一刻都不安生。

不过，到了晚上，浣熊妈妈对孩子们便稍微宽松一些了。当然，这并不是说浣熊妈妈会放松警惕，相反，它会预先侦察一番，用鼻子不停地嗅着风里传来的气息，它相信自己的判断，风会把敌人或者猎物的气息传到这边来的。

浣熊妈妈嗅了很长时间，又仔细观察了周围的环境之后，才领着全家人从树上下来。被关了一天的小浣熊们兴奋极了，它们一到地面就撒欢般跑来跑去。它们打算像往常一样，到河的下游去玩，但浣熊妈妈很快就制止了它们，命令它们跟在自己后面。原来，浣熊妈妈这次要带着孩子们一直向上游走去，而且中途还不让它们歇息。

沿途，它们有一次走到了河流旁边，河水附近有一个泥坑，根据经验判断里面一定会有猎物。可是，浣熊妈妈不许它们停留，在前面不停地催促自己的孩子们快走。小浣熊们恋恋不舍地跟着妈妈的脚步，球球也不情愿地向前走去，但是眼睛却不停地望着泥坑，果然看到有小猎物在里面跳跃。

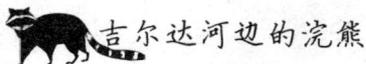

球球看得心里痒痒的，它想象着那泥坑里一定有鲜美的大虾，便趁妈妈不注意，退了几步回去，用力一扑，就从水里捞出了一只大虾，连忙放到嘴里吃了起来。因为害怕妈妈发现，球球连壳带肉一块吞了下去，虽然嗓子有些

卡，但味道还是很鲜美的。

球球吃完偷捕的大虾后，急忙快跑几步，跟上前面的队伍。

又走了一会儿，有一种奇怪的声音传来，那声音听起来像在刮大风一样，“呜呜呜呜”，一阵接着一阵。奇怪的是，那“风声”中竟然还伴有青蛙在水中跳跃的声音，这让小浣熊们都兴奋起来，欢快地跟着妈妈快速向前赶去。

很快，它们就来到一条小河边，很快看清楚了声音发出的地方。原来，那像刮大风一样的“呜呜”声是河水撞击岩石发出来的，由于风力很大，河水撞击在岸边的岩石上，顿时水花飞溅，在月光下闪闪发光。

真正吸引小浣熊们的还是大量在水中跳跃的青蛙。它们开心地围着妈妈，觉得妈妈真是太伟大了，简直是无所不知。小浣熊们被妈妈带到这样一个美丽的狩猎场所，它们大开眼界，简直都被眼前的景致惊呆了。

当小浣熊们还沉浸在这些美景中时，浣熊妈妈却突然紧张起来，它发出一声怪叫，身上的毛也耸立起来。只见浣熊妈妈两眼目不转睛地注视着前方，它看到前面有几只跟自己的孩子们差不多大的小浣熊，正在河边捉青蛙吃。那些小浣熊的尾巴上也有黑色的环纹标记，应该是另一个家族的浣熊。

浣熊爸爸赶紧跑到那些浣熊面前，想把它们赶走。众所周知，在动物界，动物们都会在自己的地盘上留下气味作为记号，有了这个记号，其他的家族一般就不能再来光顾了。现在，两家浣熊欲争夺的这片领地，以前球球的家族曾经在此做过记号，只是自从做完记号以后，球球的家族就很少光顾这里了。因为过的时间有些久，以前留下的气味现在已经变得很淡了。而对方那个家族呢，它们发现这个地方虽然没有球球的家族早，但它们一直是在这里猎食的，所以也在这里留下了气味，而且，现在它们的气味还特别浓。

在动物界，这样的争执该如何解决呢？特别是双方都认为地盘是自己的，认为自己是正义一方的时候，那就只有通过武力来解决了，看来双方之间一场大战是不可避免了。对森林里的动物们来说，守住地盘是非常重要的，因为守住地盘就意味着能觅到食物，这样才能生存下去。

浣熊爸爸没有冲这几个小家伙动手，它知道另一只浣熊爸爸很快就会现身的。果然，另一只浣熊爸爸不知从什么地方突然冒了出来，显然，它也是经常负责警戒和护卫地盘的。

两只浣熊爸爸都低声怒吼着，气氛格外紧张。但它们都是为了保护自己的孩子们，表现得又都十分勇敢。看得

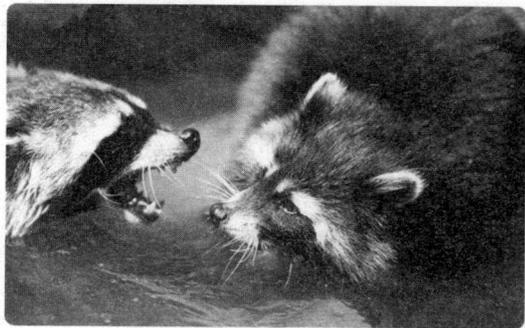

出，两个爸爸对这块食物丰富的地盘都不肯相让，都表现得志在必得。它们都认为自己能赢，都觉得自己是正义的一方。

球球的爸爸为了用气势压倒对方，同时也为了让自己看上去更高大更强壮一些，努力地挺高身体，浑身的毛也都竖了起来。另一只浣熊爸爸也不甘示弱，昂首挺胸，不时发出威胁的吼声。双方的小浣熊们都连忙跑到各自妈妈的身边，害怕地注视着眼前的一切，谁也不敢去抢东西吃了。

两只浣熊爸爸差不多同时走出各自家庭的队伍，气势汹汹地向对方走去，一场大战一触即发。两只浣熊爸爸拉开战斗的架势，先是来回绕着圈子跑着，眼睛却观察着对方，寻找对方的破绽。随后，它们同时猛地扑向对方，互相扭打在一起，并不时地撕咬着。

双方的小浣熊都跟在妈妈身边大声呐喊着，为自己的爸爸助威。两只浣熊爸爸扭打得更起劲了。但一个回合下来它们发现，双方在实力上旗鼓相当，不分胜负。

两个爸爸打得难解难分，耗费了它们不少体力，双方都气喘吁吁，却仍然难分胜负。为了保护各自家族的地盘，它们是一定要分出胜负的。所以，短暂的休息之后，它们再次向对方冲去。但是，意想不到的一幕出现了，由于用力过猛，没有把握好平衡，双方同时向河里滚去，只听“扑通”一声，它们一下子栽进了河里。

夜晚的河水很凉，两只浣熊爸爸被冷水一激，头脑都冷静下来了。

于是，它们各自爬上岸后，就没有了争斗的情绪。它们的想法是一致的，目的只是想让孩子们今晚能找到吃的东西，然后安全地回到家里。

于是，两只浣熊爸爸决定不再继续交战，用成年人的方式，心照不宣地将眼前的地盘做了划分。然后，两只浣熊爸爸退回各自的家族，告诉孩子们在规定的区域里寻找食物，这样两个家族便分开了一段距离，分头寻找可吃的东西。

虽然两只浣熊爸爸偶尔还会低吼一声，但是语调已经温和了许多。不管怎么样，它们还是在同一个地方和平共处了，这样的结果也算皆大欢喜，后来它们两家还成了朋友。

灵犀一点

动物们为了各自的地盘常常发生争斗，在不影响各自利益的情况下，如果各退一步，反而可以有意想不到的收获。做人要有肚量，退一步海阔天空。

第六章　球球被捉住

球球不听妈妈的话，独自跑到一条河边捕猎，没想到，却被猎人布下的夹子夹住了前爪，它最终逃脱了吗？

从现在开始，我们将主要讲述本书的主人公——浣熊球球的故事。以后的事情也都是围绕球球而发生的。

球球一直是个不安分的家伙，胆子大，而且很有主见。就在浣熊爸爸跟另外一只公浣熊战斗的那天晚上，球球并没有像它的兄弟们那样始终老老实实地围在妈妈身边，而是独自跑到远处抓了很多大虾和青蛙，吃得饱饱的。它吃饱喝足之后，看到它的兄弟们还在吃力地捕捞食物，便有些得意忘形起来。

球球自以为可以独立了，越来越不听妈妈的话了。它认为妈妈太唠叨，总是喜欢危言耸听，把危险描述得好像随时都有可能发生一样。可是，这么长时间了，它连敌人的影子也没有看到，只是偶尔听到几声猎狗的叫声。

球球变得越来越叛逆，每次妈妈说要带它们到河下游去的时候，球球全当耳旁风，偏偏喜欢往河的上游走。特别是妈妈提醒它不要在树下、石头上随意留下自己的气味时，它总是不以为然。

一天，浣熊妈妈要带它们到河下游去捕食，因为它觉得它们最近在上游活动得过于频繁，容易给敌人留下气味和线索。可是球球的脑袋里想的全是吃的，完全忘记了妈妈的嘱咐，它仍然念念不忘自己以前抓到大虾吃的那条小河，所以根本就没理会妈妈的警告，固执地向河上游走去。

妈妈带着其他小浣熊正向下游走，回头发现球球却朝相反的方向走去，便急切地呼唤它快些回来。可是，球球就像没听见一样，头也不回。此时，其他小浣熊正往下游奔去，妈妈只好先去照顾它的 4 个孩子，心想球球不一定会走远，也许一会儿就会回来的，就没有再喊它，领着其他小浣熊到下游河边捕食去了。

浣熊妈妈不知道球球的胆子大得已经超出了它的想象，等它意识到情况不妙的时候，球球已经离它很远很远了，根本看不见球球的影子了。它也没想到，这一别竟是几年的时间。

就这样，球球毫无顾忌地向那条小河沟跑去。途中它还在上次捉到大虾吃的那个泥坑里又捕到两条小鱼，它更加兴奋了，脑袋里一直想着诱人的大虾，不知不觉就离妈妈越来越远了。

球球毫无防备之心，径直来到两只浣熊爸爸曾经打架的地方。在这里，动物的本能还是让它嗅到了某种危险。它从妈妈那里学来的一点儿知识告诉它，空气里有一种很不妙的气味，这种气味曾经让爸爸妈妈惊恐万分，那就是印第安人的气味。

球球的嗅觉还是非常灵敏的，的确有人的气味，印第安人皮特刚刚来过。他是一个老猎人，一个专靠捕获猎物、贩卖动物毛皮为生的人，而且对动物的习性非常了解。最近他发现河边的沙地附近到处都是浣熊的脚印，便布置了一些捕猎工具，还在河里设置了一个夹子，在多处布下了捕猎工具。

根据皮特的经验，地上的浣熊脚印这么多，说明是一个家庭留下的，而一个家庭是不会选择在白天出动的，更不会在夜晚单独行动。皮特决定等过了晚上，在第二天的白天再来看看有什么收获，于是他布置完工具就走了。

球球嗅到了气味，心里不免也有些紧张，它小心地察看了一下周围的环境，没有看出什么危险，便怀疑自己之前的判断失误，认为不会发生什么坏事。球球想到这里，就放心大胆地开始寻找食物了。

球球像往常一样，把前爪伸进了水中，在泥里不停地来回搅动着，期望能找到些美味。可是，没过多久，只听“咔嗒”一声，它的两只前爪就被什么东西给紧紧夹住了，疼得球球急忙拿出来看个究竟。它原以为又是被贝壳之类的东西夹住的，可是万万没想到，那是一个铁夹子——是皮特精心布置的捕猎工具。

“呜，妈妈……”球球大声呼喊着妈妈，向它最信任最亲爱的妈妈求救。它期望妈妈能像以前一样听到自己的声音后以最快的速度出现，来帮助自己。可是，它哪里知道，自己已经走出很远，早就离开了妈妈的视线，而此时正在很远的河下游的妈妈，又怎么可能听到球球的求救声呢?

被夹子牢牢夹住前爪的球球，一边痛恨自己刚才的粗心大意，一边开始后悔没有听妈妈的话。既然妈妈没有出现，球球只好自己想别的办法取下夹子。球球一会儿用嘴咬，一会儿用后脚踩，一会儿举起前爪在石头上猛砸……但是，无论球球怎么努力，那夹子依然纹丝不动，就是取不下来。

球球想，要么就这样带着夹子逃走吧。于是，它带着夹子开始向来时的方向跑去。可是，没等球球跑出几步，它已被什么拽了回来。原来，狡猾的猎人皮特已将夹子的另一端，用铁链子牢牢地固定在一棵树上，让它无法移动。

夜已经很深了，浣熊妈妈依旧没有出现，看来妈妈是找不到它了。

这个夜晚，球球不断地哀号着发出求救声，低声哭泣着，忍着疼痛，痛苦万分。到天亮的时候，球球早已筋疲力尽，它的喉咙沙哑得再也喊不出声音来。清晨，当皮特来查看他布下的捕猎工具时，一眼看到了球球，他非常吃惊，因为他压根没想到会这么快捕到浣熊。皮特原本以为如果运气好的话，能捕到一些麝鼠之类的猎物，当看到夹子上的猎物是浣熊时，他大喜过望。

皮特熟练地把它前爪上的夹子取了下来，球球已经是有气无力了，它的前爪已经麻木，几乎动不了了，而且又惊又饿，被铁夹子折磨得奄奄一息。

皮特把球球塞进随身携带的袋子里，很放心地没有扎口，因为球球的状态很差，根本跑不了。

在回家的途中，皮特从比尔家的门前经过，他炫耀地招呼比尔家的两个孩子来看他刚捕猎到的小浣熊。

比尔的大女儿很喜欢这只小浣熊，对它很耐心，她小心翼翼地抱着球球不肯放手。球球因为受了一夜的折磨，身体缩成一团。但它隐约感受到有人正抱着它，轻轻地抚摸着它，它感到很温暖，慢慢苏醒过来。

球球清醒之后，转动着两只小眼睛好奇地看着眼前这个善良的小女孩，它开始喜欢这个小女孩的怀抱，感觉像在妈妈的怀抱中一样温暖。

球球可爱的模样，让比尔的女儿更喜欢它了，她央求爸爸把球球从皮特的手里买过来。爸爸架不住女儿的央求，又看女儿真的喜欢，就答应了，于是球球就成了比尔家的一员。

经过比尔一家人的悉心照料，过了两三天，小浣熊的身体已经恢复得差不多了。由于它的样子毛茸茸的，特别可爱，所以大家就给它取名叫“球球”。球球的名字就是从这时起被大家叫起来的。

灵犀一点

球球因为不听妈妈的话，被猎人捉住了。所以，我们应该记住，在自己没有丰富的知识，没有判断能力的时候，听从老师和家长的劝告是明智的选择。

第七章　不断闯祸

球球在新主人的家里，做了许多不可思议的坏事，它都做过什么呢？

自从球球成为比尔家的一名新成员，它的新生活就拉开了序幕。

比尔全家人都非常善良，一直很喜欢小动物，而球球又是如此可爱，因此，他们都把球球当作家庭成员来看待，像对待小孩子一样关心着它，宠爱着它。

球球在这个家里，处处感受到新生活的温暖。它和比尔家的小孩子们一起快乐地玩耍，一起长大，生活非常惬意。

球球现在已不再吃青蛙和小鱼什么的了，它同比尔家里的小孩子一样，一起吃面包、喝牛奶。小孩子们很耐心地教球球怎样喝牛奶，就像教家里的小猫一样。但是，球球总是笨手笨脚的，怎么也学不会。它总是习惯性地像平时捕猎一样，把前爪伸进装牛奶的杯子里，把面包泡在里面，像以前把带泥的小螃蟹放在水里清洗一样，来回晃动几下，然后再捞出来放进嘴里吃。可是，由于球球的爪子太大，每次都把装牛奶的杯子弄翻，牛奶流得到处都是，而它并不认为做错了什么，总是露出无辜的笑容，看着它的小主人。

“瞧，它真是太可爱了！打翻牛奶的事，就不要和它计较了吧！”孩子们总是这样说着，很轻易地就原谅了它。

球球很快就和农场里的其他动物熟悉了，而且相处得很融洽，令人意外的是，球球竟然也和脾气暴躁的大狗鲁伊成了好朋友。

球球刚来到比尔家时，鲁伊看见这个陌生的小东西会发威似的“汪汪”直叫。球球看它凶恶的样子，每次都会躲得远远的。孩子们害怕球球被鲁伊欺负，也尽量避免让它们单独在一起。

可是，过了一段时间之后，讨人喜欢的球球不知怎么就和鲁伊玩到一起了。也许是两个仇家互相熟悉了，摸透了彼此的脾气，消除了芥蒂，或者是聪明的鲁伊看到小孩子们都那么喜欢球球，它也不想自讨没趣，便不再与球球

为敌了。从那以后，人们再也看不到鲁伊像先前那样朝球球狂叫了。而球球呢，也经常缠着鲁伊，向鲁伊不断地示好。两个星期之后，它们已是难舍难分的好朋友了。午休的时候，有时还会看见球球把脸贴在鲁伊那长满长毛的柔软的胸前，舒服地晒着太阳呢！

球球很快适应了在比尔家的生活，它每天衣食无忧，人们对它也非常友好，它生活得很快乐。球球似乎天生就具有讨人喜欢的本领，每次做错事的时候，它会不时地扮着鬼脸，逗得孩子们很开心。由于球球的长相有点儿像小猫，又有点儿像猴子，所以每次扮鬼脸撒娇都会把孩子们逗得开怀大笑。正因为如此，它每次做了坏事，都能轻易地逃脱惩罚。

相对来说，女孩们对球球疼爱得更多一些，她们时常会从衣兜里翻出一些好吃的东西给球球，惹得球球一看见她们，就欢快地用爪子往她们身上爬。球球常常把女孩子们衣服抓得脏脏的，但她们实在太喜欢球球了，一点都不生气，还会对机灵的球球大加赞赏呢。球球在这样深受宠爱的环境中成长，天生好动的特性完全展现出来。现在大家都已知道，在农场里，假如连续几个小时见不到球球，那准是它又闯祸了。

有一次，球球悄悄溜进主人家的仓房，它记得以前见到过比尔夫人从这里拿出过好吃的果酱。对于好吃的东西，球球的记忆力总是特别好。

在仓房，球球没费多大会儿工夫，就在架子上找到了装有果酱的罐子。它高兴极了，把爪子伸进一个个果酱罐里面，胡乱地搅和着，然后再把李子果酱、苹果酱等依次从罐子里抓出来吃。它吃得浑身都是，身上、脸上、爪子上，甚至架子上、地板上、墙壁上，到处都被果酱弄得黏糊糊的，搞得仓房里一片狼藉。如果不仔细瞧的话，涂满了果酱的球球，谁也认不出来它是只什么动物，只能靠猜测是淘气又贪吃的小浣熊。

正当球球吃得忘乎所以的时候，比尔夫人进来拿东西，恰巧看到球球的“杰作”，就生气地大骂球球。球球知道自己闯祸了，故作欢快地向比尔夫人跑过去，以为撒撒娇就可以得到原谅，没想到比尔夫人不原谅它，依然不停地骂它。因为那些果酱可是比尔夫人费了好长时间为全家做的可享用一年的果酱，一下子让球球全糟蹋了，她能不生气吗？

还有一次，球球把比尔惹生气了。比尔家里养了很多下蛋的母鸡，比尔经常会去数数鸡窝里的鸡蛋，以便确定什么时候凑够数量好拿到集市上去卖。那天，比尔数了一下一共有 13 只，他想明天再攒一些就可以拿到集市上去卖了。

第二天，整整一天全家人也没有见到球球的影子，连吃饭它也没有回来，家人到处找不到它。到了晚上，球球依旧没有回家，大家都很着急，喊着它的名字到处找它。以往只要听见有人喊它的名字，球球就会很快从什么地方飞奔回来的，可是这次过了很久，也没人看见它跑出来。

最后，还是耳朵灵敏的鲁伊听到鸡窝里传来细微的声音。鲁伊低叫着跑向鸡窝，大家随后跟着跑过去一看，只见球球的肚子鼓得大大的，仰卧在鸡窝里，身边散落着一些碎鸡蛋壳，原来球球偷偷把鸡蛋全吃进肚子里了。

鲁伊原以为找到好朋友会很高兴，可是一看到这个情形，它突然愣住了，不知该如何是好。看守鸡蛋本来是鲁伊的责任，只要有它在，无论是森林里狡猾的狐狸，还是强壮的浣熊都休想跑进鸡舍里。可是这次吃掉鸡蛋的偏偏是浣熊球球，它不知道是应该维护朋友还是应该狠狠地惩罚球球，所以，最后鲁伊只好假装糊涂，偷偷走开了。

球球这次闯下的祸实在太大了，做得实在太过分了，比尔很生气，他这时已经不把球球当作一只可爱的宠物，而是当作一只贪吃的浣熊了。

对于球球的这些捣乱行为，比尔一忍再忍，因为他的孩子们喜欢它。所以这次比尔只生气了一小会儿，就放过它了。但后来，又发生了一件事，球球彻底把比尔激怒了。

那一天，全家人都不在。孩子们上学去了，大人们也都有事出去了，家里只剩下了球球。它自己待着实在无聊，就四处转悠着看看能不能发现什么有趣的事情做。

球球先是在房间里漫无目的地乱转，转着转着，就转到了写字台旁边。台子上摆放着的一个墨水瓶吸引了它的目光，也不知为何，它一向都对罐子装着的东西很感兴趣。

球球一下子来了兴致，它兴奋地爬上桌子，很轻松地就把墨水瓶的瓶盖打开了。墨水瓶受到晃动，洒出来一些，球球看到里面有东西，很高兴，于是，它习惯性地把两只前爪放进墨水瓶里搅动起来，就像以前在小河边搅动河水一样，这个动作让它感觉很快乐，就像回到了小河边。

等球球搅动得差不多了，便把前爪放在嘴里，结果什么也没吃到，还弄了一嘴墨水。它的爪子无意间放到桌子旁边的白纸上，白纸上立刻印出了它的脚印，它像发现新大陆一样，觉得这件事情很神奇。这一发现让它惊喜不已，于是它在屋子里转了几圈，凡是踩到的地方，都留下了它的小脚印。它玩得更高兴了，就像以前在河边的沙滩上到处踩着玩一样。

当脚上的墨汁干了的时候，球球就会到墨水瓶里再次用爪子蘸，然后继续踩着玩。屋子里的脚印越来越密，最后成了一团黑，实在没地方可踩了，它又把目光盯在了孩子们的课本上。等把孩子们的课本弄脏后，它又把墙上漂亮的壁纸、干净的窗帘、女孩子们喜欢的连衣裙上统统踩上墨水印。

这还不够，最后，球球又走进卧室，爬上床，在雪白的床单上踩呀踩，在家里每个空白的地方都留下了它的小脚印，那些密密的脚印，就好像浣熊家庭旅游团来参观过一样。

不久，比尔一家人从外面回来了，他们完全被眼前乱糟糟的景象给惊呆了。从书房到卧室，从卧室到院子，到处都是球球的脚印，可谓一片狼藉。

更糟糕的是，墨水染过的东西，都很难清洗，压根回不到原来的样子。大家都被球球的行为气得大叫起来，连一向维护球球的孩子们这时也生气了。比尔夫人更是火冒三丈，她平时是一个特别爱干净的女人，总是把家里打扫得一尘不染，可是现在连洁白的床单都快变成抹布了，这让她伤心不已，气得眼泪都流出来了。

闯下大祸的球球丝毫没有意识到自己所做的事情有多么糟糕，它看到一家人回来了，便高兴地迎上前去，还得意扬扬地伸出自己的前爪，炫耀般地给全家人看。

比尔终于下定决心把球球送走了，他再也无法忍受一只浣熊带来的麻烦。孩子们虽然很喜欢球球，但看到自己的书本和衣服都被球球弄脏了，在爸爸妈妈的盛怒之下，谁也没有去阻拦。

比尔随即叫来猎人皮特，要他立刻把球球带走，甚至没有向他要一分钱，就算当初他是花了钱买来的球球，也在所不惜，比尔恨不得它立刻从自己家里消失。

皮特不花一分钱就收回一只浣熊，内心很高兴，他把球球再次装进布袋里带走了。

球球从内心深处恐惧这个印第安人，就是他把球球抓走，让它离开了爸爸妈妈和兄弟们，现在又是他把它带走，离开了它喜欢的比尔一家，以及比尔的农场和大狗鲁伊。但是，球球毫无办法，只能无奈地“呜呜”低叫着，它知道，这回自己的祸闯大了，再也无人出来为它求情，无人来救它了。

球球又像上次被抓走一样后悔起来，后悔不该任性地胡作非为，但是一切都晚了。大狗鲁伊看到它的朋友被抓走了，虽然不明白发生了什么事情，但它也无法阻止主人的决定，只能盯着皮特走出去的方向，无奈地叫上几声。

灵犀一点

球球因为它的任性和无知再次付出代价。作为家庭或社会一员，小朋友们要学着了解规则、遵守规则，这样才能让周围的人接纳和喜欢。

第八章　逃出魔掌

球球作为训练猎狗的猎物被放到森林中，它决定利用这个机会逃跑……

夏天马上就要过去了，秋天和随即到来的冬天正是猎人狩猎的最佳时节。所以对猎人皮特来说，球球回来得正是时候，他正打算在这个时节训练猎狗捕捉浣熊呢，球球恰好成了最好的活目标。为此，皮特还特意新买回来一只黄毛猎狗。有了猎狗和球球，他的训练计划正式开始了。

皮特把球球圈在马棚里，接着他把那只用铁链拴着的大黄狗也牵了进来。大黄狗一看到球球，便“汪汪”地大叫不停，并向球球猛扑过来，还把拴着它的铁链子弄得哗啦哗啦响。

大黄狗的脾气是出了名的火爆，不然皮特也不会花大价钱把它买回来训练，它的反应能力令皮特很满意。然而一直都在妈妈和人们的呵护中成长的球球却被吓坏了，它很迷惑，为什么同样是人类，比尔家的人对它那么亲切和善，而眼前的这个印第安人却这般残暴。球球还不明白，为什么比尔家的狗鲁伊那么友好，而眼前这只大黄狗却这么凶恶可怕。

接下来的日子里，大黄狗每次见到它都会猛扑过来，而球球只要见到它，就会快速地躲开。皮特也没有放松警惕，他时刻用眼睛盯着，后来，球球渐渐知道，即使黄狗冲上来挑战自己，也讨不到便宜。

但是，随后的日子，大黄狗总是被皮特拉来对球球进行挑衅，球球有时被逼急了，会横下心来对抗大黄狗，它拼了命地跟大黄狗撕咬，时间长了，也是互有胜负。大黄狗有时会咬住球球的脖子不放，偶尔，球球也会在大黄狗的腿上狠狠咬上一口，皮特在大黄狗被咬的时候，就会跑过来把它拉走，球球的爆发力和勇敢着实让皮特感到惊讶。

皮特不断地加强对大黄狗的训练，大黄狗和球球也咬得越来越凶，这正是皮特想要的结果。现在，大黄狗已经非常熟悉球球的气味了，这就等于熟悉整个浣熊家族的气味了。

随着训练的加强，大黄狗的进步非常快，越来越接近皮特制订的目标了。皮特对大黄狗的表现也越来越满意。于是，在一个天气很凉爽的夜晚，皮特把球球装进袋子里，带上了自己的猎枪，领着大黄狗来到了森林里。

皮特打算先把球球放开，让它跑开一段距离，然后再放开大黄狗去追逐球球。通过这样反复训练，猎狗就会顺着猎物留下的脚印或气味，去追捕到猎物。

皮特在训练猎狗方面是很有经验的，他对大黄狗很有信心，相信它会很快抓到球球的。这天晚上，他一来到森林里，就把他的猎狗拴在了树上。拴好猎狗后，它又来到一个猎狗看不见的地方，解开袋子把球球放了出来。

被放出的球球最初还有些迷迷糊糊的，因为在袋子里被闷得太久了，不过它马上就意识到自己又回到了森林里，心里开始有些激动。球球好久没有回来过了，这里的气味让它感觉亲切无比。它想再仔细观察一下周围，一抬头，看到讨厌的皮特，它毫不犹豫地就对着这个狠心的猎人猛扑上去。

皮特经常见球球和大黄狗搏斗，知道它的厉害，所以马上闪到一边去。球球看他躲远了，发现逃跑的机会来了，便急忙向森林深处跑去。

球球用尽全身气力，拼命地向前跑去，它还从没有像现在这样卖力地奔跑过呢。球球明白，这可能是它非常难得的获得自由的机会，很快，它便消失在茂密的森林里了。

那只大黄狗看到皮特拿回来一个空袋子，知道球球已经跑远了，于是迫不及待地想去追赶，只是它身上还拴着铁链子。大黄狗只能干着急，却一点办法也没有，只能“汪汪”大叫着，盼望皮特快些来解开链子。

皮特果然过来解链子了，起初他还不紧不慢的，以为会很快解开，大黄狗会像他预想的那样朝着球球逃跑的方向快速追去。可是他忽略了大黄狗是一个急性子，甚至不太好控制，还没等绳子解开，大黄狗上蹿下跳，弄得皮特无法顺利地解开绳索，有时他摸到打结的地方刚要解开，大黄狗使劲一扯，反而使绳结更紧了，这样他们就耗费了一些时间。

皮特气坏了，真想把大黄狗猛揍一顿，但大黄狗的脾气不好，皮特也不敢惹它。这样折腾了好长时间，皮特才把大黄狗喝住，摘下大黄狗脖子上的锁链，放开了它。

经过这么一拖延，球球的身影早就消失在茂密的森林中，大黄狗想要找到球球，需要费些时间了。它在森林里跑跑停停，嗅来嗅去，过了一会儿，它终于发现了浣熊球球的脚印，于是邀功似的朝着皮特大声吼叫着传递信息，并顺着脚印追了出去。

皮特听到大黄狗的吼叫声，一下子高兴起来，它对大黄狗很有信心，相信它一定会追上球球的，皮特急忙跟在大黄狗后面追了过去。大黄狗毕竟受过专门训练，它跑得很快，皮特为了跟上大黄狗，跑得非常吃力。如果实在跟不上，他就会把大黄狗叫回来，重新出发。

皮特一边跟着大黄狗追踪，一边打着自己的如意算盘：大黄狗很快就可以找到球球藏身的树木，然后自己开枪把球球从树上打下来，大黄狗就会扑上去把浣熊咬死，至此，训练目标就全部完成了，大黄狗也就完全掌握了捕猎浣熊的方法了。这样，这个秋天和冬天的两个季节就可以利用大黄狗捕捉到更多浣熊，弄到更多皮毛，再拿到集市去卖掉，自己就会有很多钱了。

此时，球球正在森林里拼命地奔逃着，刚才皮特没能及时解开大黄狗的绳子，给它创造了逃跑的时间和机会。跑着跑着，它已渐渐听不到大黄狗的叫声了，它确信自己已经逃出很远了。

但是，球球知道大黄狗顺着脚印和气味很快就会追上来的，它必须在皮特和大黄狗到来之前，找一个安全的地方躲避起来。它想到小时候每当遇到危险的时候，妈妈就会呼唤它们到高高的大树上的树洞里躲藏。于是，球球开始停下来察看周围有没有很高的大树，以便找到合适的树洞。

在这片茂密的森林里，找到大树很容易，因为随处都有几十米高的大树。球球很快就找到了带有树洞的大树，它快速地爬了上去，躲了起来。它很庆幸，对于从小练就的爬上爬下的本领，它一点儿也没有忘记，这个时候全都用上了。等皮特和大黄狗找到它的时候，球球已经在树洞里舒服地休息了一段时间。

大黄狗在球球爬上去的大树下吼叫着，它在用叫声告诉皮特，球球就在这棵树上面。但是皮特却有些沮丧，这棵树实在是太高了，连他这个爬树高手也爬不上去，而他身边只有猎枪，而子弹是根本就打不进树洞的。

皮特后悔没有带把斧头来，这是他出发之前没有想到会发生的事情。皮特和大黄狗在树下绕来绕去，转了好长时间，就是不舍得离开，他们用了很多方法诱使球球出来，又是敲树干，又是躲起来假装离去，但是球球现在变得很聪明了，它躲在树洞里一动也不动，甚至连脑袋也没有伸出来一下。它的脑海中闪现出妈妈在它儿时的教诲：不许动、不许发出任何声音……这些从小妈妈就一遍遍叮嘱它的办法，现在全都派上了用场。

天已经黑透了，看来这只浣熊在他们走之前是不会出来了，皮特终于死心了，他失落地离开了那棵大树，领着大黄狗回家了。直到这时，球球才算真正安全了。

灵犀一点

球球终于逃脱了猎人和猎狗的追捕，它能够得以逃脱，得益于它健康的体魄和它学会的本领。头脑中的知识与身体的健康可以让一个人长久立于不败之地。

第九章　重回母亲河

终于到了深夜，树林里一片漆黑，除了风声，周围一点动静都没有……

球球悄悄躲在树洞中，一直紧张地听着外面的动静，过了好一会儿，它虽然听到猎人和大黄狗离去的声音，但

依然不敢轻举妄动。它躲在树洞里，一面休息，一面仍旧密切地注意外面的动静。

这样又过了很长时间，球球确信他们彻底离开很远的时候，这才长舒了一口气。在树洞里，球球开始思念故乡的森林与河流，怀念在美丽的吉尔达河边，自己无忧无虑度过的童年快乐时光。在那里，有最亲爱的妈妈的保护，它一点儿都不害怕，还有兄弟姐妹的陪伴，它们每天都过得非常快乐。想到这些，球球越发思念故乡了，更坚定了它回到故乡的想法。

终于到了深夜，树林里一片漆黑，除了风声，周围一点动静都没有。球球从躲藏的树洞里试探着把头伸出来，它环顾四周，仔细嗅着风带给它的气息，倾听着草丛中的动静。经历了这么多，甚至有了险些被猎人杀掉的危险经历，球球已经知道怎样保护自己了。它知道，以前妈妈说的都是对的，要想生存下去，就必须学会谨慎行事。

现在，球球的举动跟爸爸妈妈一样小心，它已经完全长大了。

再三确认过没有任何危险后，球球从树上滑到了地面。它简单辨别了一下方向后，开始在无边无际的森林里拼命地奔跑起来。它的目的地是吉尔达河边——那是它的出生之地，是它魂牵梦萦的故乡。那里有它的爸爸、妈妈和兄弟姐妹，它正在向它们奔去。

球球的愿望终于实现了，在美丽的吉尔达河边，它见到了亲人们。爸爸妈妈竟然还在那里等着它，好像知道它终有一天会回来一样。它们彼此用鼻子嗅着对方，一下子就互相认了出来。

球球和兄弟姐妹们都长大了，模样也变了，但彼此的气味却没有变。它们欣喜地拥抱在一起。虽然球球曾同人类一起生活过，还同狗交过朋友，甚至还差点儿被猎人和猎狗杀死，但是现在，一切都过去了。从这些经历中，球球已经完全历练成一只勇敢机智的浣熊了，它真正的生活从此开始了。

即使是现在，在吉尔达河畔，仍有很多浣熊的子孙在这里生活。这些浣熊里，也应该有很多是球球的后代吧。

灵犀一点

阅历使人成熟，磨难使人成长，所有的本领都是历练出来的。

脚印的秘密

第一章　神秘脚印

年轻的伊杨在一片森林中发现一串梅花状脚印，他断定那是野鹿的脚印，而村里的老人却说，野鹿早就绝迹了，到底是谁留下的脚印呢？

美国西部有一片尚未开发的原始森林，名叫“沙丘”，那里夏天气温很高，地面的温度热得能烤熟鸡蛋，冒着热气的水坑在丛林中随处可见。

有一天，一个名叫伊杨的年轻人来到丛林中捕鸟，他家就住在森林附近，常到这片森林中来。小鸟实在太狡猾了，伊杨累得筋疲力尽也没有捉到一只。天气太热，他口渴极了，就到一个他常去的地方找水喝。

那个地方不同于那些冒着热气的水坑，常年流淌着清澈、凉爽的山泉水。伊杨走上前去，刚想捧起水来喝，却发现附近潮湿的地面上有一些梅花般的脚印。伊杨从来没有见过这样的脚印，一下子兴奋起来。他仔细观察了一会儿，初步断定这是野鹿留下的脚印。

伊杨喝完水后，结束了这次捕鸟行动。回家的途中，他向一些曾经去过那片山区的老人们求证，老人们摇摇头，不相信他的判断，说："不可能吧，你准是看错了，咱们这里已经好多年没有出现过野鹿了。"

所有的老人都这么说，伊杨也就不再去想这件事了。

深秋到了，天空中飘起了雪花，伊杨又想起夏天在山泉水边湿地上发现的那串脚印。伊杨很想再去证实一下自己的猜测，于是背上猎枪，准备再次到那里看一看。他边想边自言自语道："我的推断应该没错啊！那明明就是野鹿的脚印，我应该去找到它，证明给大家看。"

英俊、健壮的伊杨刚刚 20 岁，他精力充沛，充满朝气。他从小就喜欢到森林里探险，不肯轻易服输。尽管他还算不上是一个优秀的猎人，但是他喜欢以一个猎人的标准来要求自己。他擅长奔跑，在丛林中穿行不知疲倦，有着不达目的誓不罢休的执着。

每天早上，伊杨起床后都会到山上去寻找野鹿。在覆盖着厚厚积雪的山路上，伊杨边走边找，走完一个山头，再到另一个山头去搜寻。直到太阳快要落山了，依旧没有发现野鹿的踪迹，他这才垂头丧气地回到家里。

尽管每天的结果都令人失望，但伊杨仍然没有放弃寻找野鹿的念头，照旧天天醒来，早早上山，傍晚返回。终于有一天，他在山涧的雪地里再次看到一串脚印。伊杨兴奋极了，心脏怦怦直跳，他想，这一定是野鹿留下的。

由于脚印被雪覆盖了，无法清楚地辨别野鹿行走的方向。细心的伊杨蹲下身来，仔细观察了一会，还是根据脚尖的朝向，推断出野鹿的走向。

于是，伊杨跟着野鹿的脚印一步一步朝前走去。走着走着，他就发现地上前脚印和后脚印之间的距离越来越近，一直延伸到没有雪覆盖的沙地上。沙地上的脚印更加清晰了，呈梅花状，伊杨更加相信自己的判断，坚信这就是野鹿留下的。

伊杨低下头，沿着地上的脚印向前追去。他跑到一片山林里，发现这里的脚印更加明显了，他高兴得热血沸腾，仿佛看到了胜利的曙光。

一整天，伊杨都不知疲倦地跟踪着脚印。天黑的时候，他发现脚印竟然朝着自己家的方向延伸而去。最后，那串脚印没入茂盛的杨树林中。天色已暗，看不清前方的路了，伊杨只好先回家，等次日再继续追踪。这个地方距离他家不远，大约十多公里，只用了一个多小时就到家了。

灵犀一点

功夫不负有心人，伊杨终于再次发现了野鹿的踪迹。坚持就是胜利，我们做任何事情，都要有恒心，有毅力。

第二章　惊艳亮相

伊杨继续顺着脚印找下去，终于发现两只巨型野兽，它们到底是什么呢？

第二天一大早，伊杨就跑到昨天那片杨树林中继续寻找那串脚印。令人奇怪的是，昨天地上只有一行脚印，今天竟然增加了好几行，那些脚印错综叠加着，有些混乱，伊杨顿时蒙住了。

伊杨耐着性子仔细观察着地上的脚印，功夫不负有心人，他终于发现一些规律，杂乱的脚印中有两行格外清楚。伊杨想了想，决定跟着这两行脚印找下去。

伊杨全神贯注跟踪着脚印，不知不觉走到了丛林深处。当听到一阵窸窸窣窣的声音，他猛一抬头，被眼前两只巨大的野兽吓住了。那两只野兽也发现了伊杨，吓得掉头就跑，跑向远处的一处土山，并不时回头看看伊杨。

那堆土山距离伊杨不过50米远，两只野兽停下来，微微侧过身子，目不转睛地盯着伊杨。伊杨一下子就被那温柔的眼神迷住了，好像正接受着它们的爱抚。原来它们不仅有美丽的脚印，还有迷人的眼神。

伊杨终于看清了前面两只野兽的模样，它们正是伊杨不辞辛劳苦苦追寻的野鹿！通常情况下，人们在遇到自己渴望已久的东西时，会迫不及待地想拥有它。但是，伊杨看到眼前这两只美丽的野鹿，突然心生喜爱，他不忍心伤害它们。

伊杨呆呆地站在那里，被眼前这两只美丽的野鹿吸引，他不由得发出感叹："简直太美了！我喜欢你们！决不会捕杀伤害你们。”

那两只野鹿看到伊杨没有任何举动，转身跑到另一块平地上相互嬉戏起来，根本无视他的存在，更没有意识到人类可能带来的危险。

伊杨看到两只鹿相互追逐着，终于放松下来，他兴奋地看着它们互相追逐着，特别是看到野鹿轻触一下地面就能弹跳两米半的高度时，他更是惊叹不已。

他彻底被这两只野鹿迷住了，很想和它们一起玩，这两只庞大又可爱的野鹿似乎也没有显示出害怕他的样子。它们仿佛在比赛跳高，跳跃的姿态那么轻盈，那么优雅，就像一只没有翅膀的大鸟在幽静的山林间飞跃。过了一会儿，它们不再跳跃，而是互相追逐着跑远了。伊杨一直默默地注视着它们，手中的猎枪一动没动，因为他压根就没想过要猎杀它们。

两只野鹿很快就消失得无影无踪，这时，伊杨才意犹未尽地走到它们刚刚停留嬉戏的地方，观察它们的脚印。他惊讶地发现，有两只脚印之间的距离竟然有 5 米多，还有更远的，有相距 7 米多的，甚至 10 米远的脚印，他不得不佩服野鹿的弹跳力。伊杨惊呆了，他意识到鹿不是在走路，而是在跳着前行，每一次跳都像飞行一样，只是为了保持身体平衡，才用蹄子轻轻触一下地面。

看到这番情景，伊杨不由得拍手叫好："如果不是让它们逃跑了，我哪能看到这样美妙的舞姿，这样美好的景象啊！这里的人大概都没见过吧，不然他们怎么不告诉我呢。"

灵犀一点

善良的伊杨没有开枪，他放走了野鹿，也因此看到了野鹿美妙的舞姿和神秘的脚印。世事就是如此，失去东隅，收之桑榆，得失只在一念间。

第三章　神秘的公鹿

自从遇到那两只野鹿，伊杨就对它们念念不忘，他决定再次出发，去捕猎它们，他能如愿吗?

第二天早晨，伊杨整理好行装准备出发，他在心里暗下决定：“今天我还要去寻找野鹿，这一次我要奋力去追赶它们，测一测它们的速度和灵敏度。有必要的话，再试试我的枪法。”

伊杨来到山间，只见晴空万里，此处没有高耸的山峰，有的只是低矮的山谷绵延不绝。四周一片静谧，明媚的阳光，清澈的湖水，神秘的森林，广袤的草原……这一切都是那么美好，充满生机。伊杨走在幽静的山路上，心情格外舒畅。

“如果一直可以这样，生活该是多么美好！就这样每天

走向森林，去发现美丽的动物，是多么快乐的事情啊！我的人生就应该像美丽的大自然一样，生机勃勃，光芒四射。”

是的，与后来艰苦的岁月相比，此刻是伊杨一生中最美好的时光。

伊杨大步流星地向前走着，正在路边吃草的野兔受到惊吓，钻进了草丛；树枝上休息的小鸟也受到了惊扰，拍拍翅膀飞走了。伊杨并未在意，他心里想的都是野鹿的模样，只是低着头，仔细寻找着野鹿的脚印。

丛林中，动物的脚印会暴露出许多秘密，通过观察脚印，我们会了解到动物的很多特点和习惯。这是大自然最原始的文字材料，是人类接近大自然的密码之一。

山间天气瞬息万变，刚刚还是艳阳高照，现在却开始飘起了雪花。而雪花不经意间又会对动物们起到保护作用，因为雪花覆盖大地的同时，也将地面上的所有痕迹抹平了，雪花帮助许多在地面上行走的动物“隐藏”了脚印，当然也包括野鹿。这一天，伊杨一无所获。

第三天，伊杨在山间奔波了一整天，还是什么都没有发现。

接下来的几个星期里，伊杨依旧早出晚归，翻山越岭，挨饿受冻，还是没什么新的发现。就算偶尔几次看到了一些脚印，也都没有办法跟踪下去。有一两次，他看到过野鹿的身影轻盈地越过山丘，但也是瞬间就消失了。

后来，有人说在木材厂附近发现了野鹿。伊杨也看到过一只野鹿的大脚印，但还是一直没有找到它。

伊杨决定到木材厂附近区域仔细搜寻一下，如果发现野鹿，他决定开枪射击，捕获那只野鹿。结果，伊杨在那个地方搜寻了好久，也没有发现野鹿的踪迹。

打猎的季节已接近尾声，伊杨对野鹿的追踪不得不以失败来宣告结束。虽然伊杨一无所获，但他依然觉得很快乐。毕竟他与野鹿有过一次偶遇，看到过森林中最美丽的风景，享受过不断寻觅的乐趣。

灵犀一点

伊杨在那个捕猎季再也没有见过野鹿。凡是美丽的事物，总不肯为谁停留，美好的东西总是不那么容易获得。

第四章　冒险行动

转眼一年过去，在新的打猎季，伊杨又有什么收获呢？

时间过得很快，转眼一年过去了，第二年的打猎季即将到来。伊杨显得特别兴奋，他一直惦记着去年见过的那两只野鹿，已经期待很久了。为此，他还早早做好了上山捕鹿的准备。他四处打听有关野鹿的传说，听得十分入迷。他早就迫不及待地想去寻鹿了。

其中一个传说让他很兴奋，因为那个传说让他联想到他所见过的那两只野鹿——

在遥远的无名山峰上，曾经居住着一只体形巨大的公鹿，它生得健硕雄伟，长着一双美丽的鹿角。在阳光的照射下，它那双鹿角闪耀着灿烂的光芒，人们给它取名为

“沙丘公鹿”。都说它跑跳起来有着风一般的速度。

此时，冰雪尚未完全融化，雪花虽然覆盖了一些动物的痕迹，但雪地上新踩的脚印也出卖了动物们的行迹。一些听过伊杨描述的朋友，也想见识一下野鹿的风姿，于是，他们结伴而行，一起乘着雪橇上山寻找公鹿。到达约定地点史布尔斯岗之后，他们决定分头去找，天黑前再回到这里会合。

猎人们都喜欢史布尔斯岗这个地方，因为这片森林物产丰富，有很多的野兔和各种鸟儿，每次来这里都会收获甚丰。伊杨找了很久，都没有发现野鹿的脚印，只好走出森林，朝甘奈迪平原走去，想去那里碰碰运气。

伊杨边走边留心察看着地面，大约走出 5 公里远的时候，他忽然发现地面上出现了野鹿的脚印。地面的脚印非常大，由此可见，这只野鹿的体形一定非常庞大。

伊杨开心极了，自从听了沙丘公鹿的传说，除了他去年遇到的那两只野鹿，就是这只沙丘公鹿最让他神往了。如此巨大的脚印，他觉得一定是沙丘公鹿留下的。伊杨顿时振奋起来，他加快步伐，顺着脚印寻找下去，此刻，他多么想马上就能看到那只神奇的公鹿。

伊杨一直聚精会神地跟随地面上的脚印奔跑着，不停地奔跑着，不知不觉已是日落西山，这时他才想起自己与同伴们的约定，可是，他自己也不知道究竟离史布尔斯岗有多远了。

伊杨暗想，就算他即刻返回，赶往史布尔斯岗，也不一定能在太阳落山之前到达。伙伴们等不到他，肯定就会先回家的。想到这里，伊杨脑海冒出一个想法，与其回去也是自己一个人，还不如留在这里继续追踪沙丘公鹿的足迹，况且回去就等于半途而废，倒不如自己留下，坚持再找一会儿。

事实上，伊杨此时的位置已离史布尔斯岗有 10 公里远，他被地面上的脚印诱惑着，并没有感到疲惫，精力依旧很充沛。对他来说，区区 10 公里简单就是小菜一碟。因为他从小就喜欢在山林中奔跑，追逐猎物，他的体能锻炼得非常强，也享受这样的冒险行为。

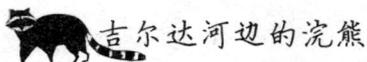

而在史布尔斯岗附近的同伴们等了一会儿，没见伊杨

回来，就先滑着雪橇回家了，他们虽然很担心伊杨的安危，但也担心天黑之后自己回家会遇到危险，毕竟这是野兽随处出没的原始森林。他们不知道，此时的伊杨虽然只是一个人，却在暴风雪中感到无比快乐。

暴风雪越来越大，肆无忌惮地在冰天雪地中横冲直撞，伊杨的心情并未受到恶劣天气的影响，他仍然保持着火热的激情。

傍晚，暴风雪终于停了，晚霞映红了白茫茫的雪地，远处的杨树林也泛着红光。伊杨踏上了回家的路，他想，在这样的美景中徜徉是多么幸福啊！

伊杨满心欢喜地欣赏着周围景观，月亮悄悄地爬上枝头，伊杨的影子投在雪地上，变得越来越长。他情不自禁地哼起了歌曲："美好的时光啊，你慢慢地走！黄金一般的日子啊，让我永远感受你的光明！"

夜深了，伊杨终于回到了史布尔斯岗。他对着黝黑的森林轻轻地问道："还有人在这里吗？"没有人回答，周围一片寂静。

伊杨隐隐约约地听到了从甘奈迪平原那边传来的狼嚎声，声音仿佛在寒冷的空气中凝结了一般。伊杨意识到这是狼在捕猎时才会发出的声音，这可怕的声音越来越清晰。

伊杨学着狼的样子嗥叫了一声，周围的狼马上应和着发出了它们的声音。伊杨终于明白了，原来那些狼是把他当成了猎物！

伊杨当然知道狼的凶残，天寒地冻，此时逃跑是不可能的，树干上结了冰，爬树似乎也不可行。伊杨不得不做好迎战的准备。

借着月光，伊杨走到草地中央，悄悄地蹲下，紧紧握着手里的猎枪。他精神高度集中，只要一有动静，立刻就会扣动扳机。他的腰间皮带上还有很多子弹，在月光下闪闪发光。这时，伊杨稍微有些紧张，这是他之前从来没有遇到过的危险。

狼的叫声越来越近了，声音低沉而有节奏感。差不多到森林边了，狼群突然停止了嗥叫。月亮很大很圆，非常明亮，狼群小心翼翼地躲在暗处观察着伊杨，等待一个最佳时机。

一声树枝折断的声音打破了寂静，接着又从另一边传来“呜呜”的声音。随后，再次寂静下来。这时，伊杨凭直觉感知到狼群已经包围了他，也许正躲在树丛中盯着他。伊杨更加紧张了，他绷紧全身的每一根神经，做好随时开枪的准备。但是，因为他在明处，狼在暗处，他什么也没有看到。

狼和人就这样对峙着，都很小心谨慎。伊杨知道，如果此刻他往外跑，必然会被众狼撕碎；而狼是很聪明的动物，在没有弄清楚它们围攻的猎物底细之前，是不会轻举妄动的。

过了好一会儿，狼群似乎知道了它们围攻的猎物是人，而人类是最不好惹的，于是，它们之间相互传递了撤退的信号，转身离开了。

20 分钟之后，伊杨确定狼真的走远了，才起身往家走。路上，他想，在森林中生活的动物真是不容易啊！它们每天都被猎人追捕，必须随时保持警惕，周围的风吹草动都要密切关注，随时做好逃跑的准备。那只公鹿大概也过着这样可怕的日子吧，当它听到猎人的枪声或者越来越近的脚步声时，一定也是非常紧张，而这种心情，他也是刚刚才感受到。

伊杨终于安全到家了。在以后的日子里，伊杨依旧每天出门打猎，并经常到史布尔斯岗附近的森林里，对那片区域的地形早已了如指掌。

随着打猎次数的增多，伊杨也积累了不少经验，搜寻能力大大提高。现在地面上只要有一丝印痕，无论是否清晰，他都能推测出是哪一种动物留下的，然后努力去追寻。

同时，伊杨也并没有放弃寻找野鹿。而有几次，他的确又发现了沙丘公鹿的脚印。

灵犀一点

被狼包围的伊杨选择在草地上按兵不动，狼群最终也没敢轻举妄动。知己知彼，百战不殆。所以，聪明的人，在没弄清楚状况之前，是不会轻易出手的。

第五章　再见野鹿

伊杨终于再次见到了他梦寐以求的野鹿，这次的情形如何呢？

有一天，大雪过后，天地之间一片苍茫。伊杨拿着猎枪走过一片树林时听到几只山雀清脆的歌声，那歌声好像是在告诉他：春天来了，猎人们该休息啦！在回家的路上，一位上山砍柴的农夫告诉伊杨："昨天我看到传说中的公鹿了，它和一只漂亮的母鹿在一起。那只公鹿就像传说中那样庞大，它的鹿角实在太美了，简直就像戴着一顶皇冠。"

伊杨听到这个消息高兴极了，他飞快地跑到农夫所说的那片森林中，结果，真的看到好多大大的脚印。那些脚印是伊杨非常熟悉的梅花状，就像他第一次在水涧边看到的一样。还有一些特别大的脚印，大概就是传说中的沙丘公鹿留下的了。伊杨再次下定决心，一定要找到野鹿。于是，他沿着地上的脚印向前走去。

伊杨不肯服输的精神让他不断追下去，追着追着，他发现地上的脚印痕迹越来越清晰了。于是，他扔掉随身携带的很多不用的东西，以减轻自己的负担，继续沿着鹿的脚印快步前行。

伊杨暗暗猜测：这两只野鹿肯定是饿了在寻找食物，漫长的冬季可没什么食物可吃。终于，在草原和森林的交界处，伊杨看到两只动物在动。

是不是野鹿呢？伊杨仔细地观察着。不一会儿，他看到一只庞大的动物，头上顶着一对粗壮的角，这只动物在树林里缓慢行走。伊杨不由得激动起来，因为那就是他朝思暮想的野鹿，显然大个的就是传说中的沙丘公鹿！

伊杨立刻被那两只野鹿迷住了。特别是那只公鹿，浑身的皮毛油亮光滑，头上顶着大大的王冠一样的鹿角，俨然一种国王的气质，就连伊杨都想臣服于它了。

两只野鹿显然还没有发现我，它们正悠闲地散步。如果我现在对它们开枪，会不会太残忍了？可是，我找了它们这么久，就是想抓住它们。机会难得，要再次错过吗？伊杨这么想着，犹豫了片刻，最终还是举起了猎枪。

此刻伊杨紧张得直冒汗，呼吸也急促起来。他的手在不停地颤抖，内心还是没有下定决心去开枪。

伊杨太激动了，怎么也没办法瞄准公鹿，只好先把枪放在一边。等到心情稍稍平静下来，他又端起了枪。这时，公鹿也在机警地观察着周围的一切，最终它的目光落到了伊杨身上。

这时，伊杨想起爷爷给他讲过的一个故事：从前，有个国王微服出行，没有带侍卫和武器，半路遇到了持刀抢劫的坏人。国王用威严的目光注视着坏人，十分镇定地说："你有勇气杀死我吗？"坏人似乎被国王的眼神震慑住了，他一下子失去了所有的勇气，仓皇逃跑了。

伊杨此刻就像那个拿刀抢劫的坏人，面对着如国王一般高贵的沙丘公鹿，他一下子没了底气。但是，伊杨想到自己两三年的付出，还是横下心来，扣动了扳机。

可惜伊杨由于紧张，第一枪打偏了，子弹射入野鹿脚下的雪堆里。听到枪声，公鹿十分恐慌，母鹿也受到惊吓来到公鹿身旁。手忙脚乱的伊杨又开了第二枪，还是没有击中目标。

还没等伊杨开第三枪，两只野鹿开始拼命地逃跑，它们一起跑到丘陵那边，很快消失得无影无踪了。

灵犀一点

再次遇到野鹿，伊杨连开两枪，并没有击中，这是因为紧张所致。考试如打猎，紧张常常会让我们不能正常发挥，只有放松心情，保持心态的平和，才能正常发挥。

第六章　短暂相遇

伊杨在打猎时遇到一位古利族猎人，而这位猎人也在追赶野鹿。他们能找到野鹿吗？

伊杨跟在两只鹿的后面追了好久，来到一处没有积雪的地方，地面上脚印看不见了。伊杨心中十分懊恼，有些沮丧地放慢了速度。

顺着原来的方向走了一会，伊杨在雪地上发现了一些鞋印，那是印第安人从这里经过时留下的，因为印第安人穿的鞋都是用鹿皮制成的，鞋底和鞋面用一张鹿皮制成，鞋的前端呈椭圆形，很容易识别。伊杨看着鞋印一直延伸到很远的地方，内心有些忐忑，不知道自己想要的猎物会不会被别人捷足先登。

伊杨更加沮丧了，这时，他远远看到一位古利族的猎人。这位古利族的猎人身材高大，此刻正坐在一块大木桩上休息，看到伊杨面露怒色出现在他后面的斜坡上，便友好地抬起手臂向伊杨招了招手。

伊杨本来想悄悄跟在这个猎人的后面观察他一番，没想到被他发现了。伊杨怒气未消，直接问道：“你是谁？”

“你好，我的名字叫加思卡。”

“你在我的地盘上干什么？”

加思卡心平气和地说：“这个地方本来就是我的。”

伊杨更加愤怒了，指着地上的脚印说：“看到这些脚印了吗？你正在追赶的猎物是我的。”

加思卡平静地说：“山是大自然的，山里的动物是属于大家的，谁捕到就归谁。”

“这只鹿我已经追赶很久了，你最好别来捣乱。”

“我也追了很久了，说话别那么冲！”加思卡摆出一副地主的神态，不慌不忙地说：“光靠嘴皮在这儿争论是没用的，如果你真是一个好猎人，就请用行动来证明自己吧！”

伊杨一听，觉得加思卡说得有道理，怒气顿消。真应了那句话：不打不相识。这是他们初次相遇的情景，此后他们便成了合作伙伴。

之后几天，伊杨都和加思卡在一起，他们一起寻找野

鹿，一起循着地上的脚印追踪。尽管没有找到野鹿，但是伊杨却收获了很多东西，他从加思卡那里学到了猎人必备的一些技能。加思卡告诉伊杨，在追脚印的时候不要翻越山丘，因为这会引起鹿的注意，如果你站得太高，它们就会很容易发现你的身影，这样野鹿就会马上躲起来。

加思卡还教伊杨如何从脚印中获得更多的信息。通过闻脚印的气味，可以判断出野鹿离你有多远，还能推测出野鹿的年纪和身形。他告诉伊杨，发现野鹿的踪迹时，千万要小心谨慎，不能急于求成，更不能暴露自己。

“鹿的鼻子总是湿湿的，它们大概就是以此来辨别风向的吧。”加思卡还教给伊杨一个辨别风向的窍门，即把手指弄湿伸向空气中，等等。这些知识都是伊杨之前从未接触、学习过的。听了加思卡的教导，他感到受益匪浅。

伊杨和加思卡有时候会一起打猎，有时候也会各自行动。有一次，伊杨发现了野鹿的脚印，这次他没有像之前那样激动，而是跟着野鹿的脚印一直追到树林里的加斯卡湖畔。

伊杨蹑手蹑脚地跟着脚印，他听到森林里有各种动物发出的声响，还有风吹树叶的声音。伊杨仔细地听着，手中紧紧握着猎枪，做好射击的准备。这时，不远处有什么东西动了一下，他立即端起猎枪瞄准了目标。

正当伊杨要开枪的时候，有一个红色的东西冒了出来，原来是加思卡！

伊杨吓了一跳，喘着粗气说："天哪，刚才我差点儿把你当成猎物要开枪了！"

加思卡没说什么，用手指了指自己头上的红带子。伊杨早就听说过，印第安人在野外打猎的时候，都会在头上系一条红带子，以防同伙错伤自己人。

从此以后，伊杨每次出去打猎也会在头上系一条红带子作为标记，以免别人误伤到自己。有一次，他们在森林寻找猎物时，天空忽然出现一群雷鸟，它们成群结队地朝另外一片树林飞去。伊杨感到很奇怪，问加思卡是怎么回事。加思卡看了看飞行中的雷鸟，不以为然地说："没什么，雷鸟的行迹告诉我们，今晚会有一场强烈的暴风雪。"

那天晚上，果然如加思卡所料，森林里寒风刺骨，下起了大雪。伊杨和加思卡只好找个山洞躲起来，在一块大石头旁边，生火取暖。

暴风雪一直持续到第三天才慢慢停下来，伊杨和加思卡早就饿坏了，准备出去寻找猎物。

他们在厚厚的积雪中行走，加思卡一不小心滑了一跤。加思卡沉思了一会儿，抽出一根烟点上。然后，他慢慢转过身来问伊杨："你去过穆斯山吗?"

"没去过。"伊杨老老实实地回答。

"你真的没去过吗？那里有很多动物，比这边多得多呢!"加思卡疑惑地问。

伊杨摇了摇头。

加思卡接着说道："刚才我在地上看到了休族人的鞋印，这可不是一个好兆头。"

伊杨猜测加思卡想去穆斯山，果然，加思卡随后问他："你去穆斯山吗?"

伊杨摇摇头，他还不想离开自己熟悉的这片森林。于是，加思卡独自动身，往穆斯山方向走去。从此以后，他们再也没见过面，直到多年以后，伊杨只有在想到加斯卡湖畔时，才能重新想起那位古利族猎人。

灵犀一点

伊杨向古利族猎人加思卡学到了许多打猎知识。人生处处是学问，三人行，必有我师。

第七章　猎杀母鹿

新的打猎季节到了，伊杨和同伴幸运地捕杀到一只母鹿，然后，他却感到非常难过，这是为什么呢？

不久后，伊杨全家搬到东部农村去了。他不太适应新的生活，每天都无精打采的。直到有一天，有人来告诉他说：“沙丘森林里发现了好多野鹿，甘奈迪平原和木材厂附近也有人看到了沙丘公鹿的脚印。”

伊杨一听，顿时来了精神。他再次擦亮猎枪，满怀信心地踏上了狩猎的旅途。

伊杨穿上鹿皮做的猎装，带上自己心爱的猎枪，精神抖擞地奔向久违的猎场。这次他带了许多干粮，已做好打持久战的准备。为了找到猎物，伊杨准备在山里过夜，隔好几天才回一次家。

在路上，他听到有人说，在东面小湖边上，经常会看到几只体形巨大的野鹿。伊杨就想去看看，于是，他约着几个同伴一起乘雪橇朝小湖出发了。

到湖边没多久，伊杨就在地上发现了 6 个大大小小的脚印，其中有些脚印特别大，他推断沙丘公鹿就在附近。

湖边地面上覆盖着厚厚的积雪，雪地里的脚印十分混乱。但是，伊杨和他的同伴却格外开心，因为这些脚印让他们看到了希望。

他们跟着这些脚印往前走着，傍晚时分，地上的印痕越来越清晰了，这给了猎人们很大的鼓舞。猎人们兴奋异常，决定继续追踪下去。而伊杨想起加思卡对他说的话，坚决反对继续前行。其他伙伴们却没有听从伊杨的劝告，依旧继续向前，边观察着野鹿的脚印边努力追寻。

在丘陵高处，他们发现，那几只野鹿的脚印曾掉转过方向，便推断它们曾经回头环视过，所以，当猎人们还没到达丘陵顶峰，就被公鹿们发现了。

此后，脚印就变成了错综叠加的一条线，每个脚印之间都有半米多远，这大概就是野鹿逃跑的一种策略。猎人们仍然穷追不舍，结果一无所获。天黑之后，地面上的脚印看不见了，他们不得不在雪地上扎起帐篷停止追踪。

他们一大早又出发了，沿着昨天发现的那行脚印继续前行。不一会儿，他们看到地上有几块很大的印迹，那是野鹿睡觉时留下的。随后，看到脚印越来越清晰，他们仔细察看了一下，大约有 7 只野鹿的印痕，一直延伸到丛林里。

看到这种情形，伊杨根据加思卡教给他的方法，建议大家不要再坐雪橇了。这次，大家听从了他的建议，把雪橇放在一边，步行进入树林中。

一进丛林，伊杨就听到一阵阵松鸡的叫声，似乎在告诉他野鹿就在附近。他连忙对大家说："大家仔细听听松鸡的指示，它发出叫声的地方，就是野鹿所在的地方，大家不要到处寻找了。"

但是，急于求成的猎人们并没有听从伊杨的建议，他们在树林间来来回回寻找着野鹿的踪迹，结果，他们的鲁莽行为，再一次吓跑了野鹿。

伊杨知道，遇到危险时，野鹿会自动分成两路各自逃跑，通常情况下，其中两只往一个方向跑，另外 5 只会朝别的方向逃跑。两只野鹿通常会有一公一母，伊杨建议大家分头去找，他和一个叫达夫的猎人去追那两只野鹿，另外的猎人去追那 5 只。因为那两只鹿的脚印中有一串特别大的，伊杨断定是沙丘公鹿留下的，所以他决定沿着脚印去找沙丘公鹿。

伊杨和达夫跑得很快，在即将靠近那两只野鹿的时候，它们的脚印又分成了两行，向两个相反的方向延伸而去。

伊杨让达夫去追母鹿，他去找大脚印的沙丘公鹿。不知不觉太阳就要落山了，伊杨一直追到了一片树林稀少的平地上，这个地方伊杨从没来过，他跟着脚印已经跑出了自己所熟悉的狩猎区。

伊杨看到地上的脚印更加明显了，公鹿一定就在眼前了。他正要继续向前追击时，突然，一声尖厉的枪声打破了森林的寂静，受到惊吓的公鹿撒腿就逃，速度之快令人惊叹。

伊杨跟在后面奋起直追，没想到却碰到了达夫。达夫说他刚才朝一只母鹿连开了两枪，第二枪已击中那只母鹿。

于是，伊杨停止追击公鹿，和达夫一起去寻找那只受伤的母鹿。他们发现地上的脚印很特别，有些脚印掺杂着血迹，而另一些脚印却很大很深。聪明的伊杨恍然大悟，这些脚印一定是沙丘公鹿留下的，显然它是在掩护母鹿逃亡。

通常情况下，当遇到同伴受伤时，动物们都会采取这种障眼法来掩护受伤者。公鹿知道母鹿受伤后，就跑到母鹿身边，接着母鹿的脚印继续向前跑出很远，这样一来，留在原地的母鹿就可以找个地方暂时躲避起来，或者换个方向逃跑。只是这次它们没有那么幸运，因为它们逃生的方法被伊杨识破了。伊杨和达夫再次发现了带有血迹的脚印，他俩相视一笑，继续向前追去。

又走了一段路，这时公鹿又回到母鹿旁边。伊杨和达夫也同时追了上来，他们离两只鹿的距离已经不到100米了。

母鹿看起来身体非常虚弱，低着头慢慢走着。公鹿显然很着急，不停地围着母鹿转来转去。

没过多久，伊杨和达夫就追上了那两只野鹿。个头小的母鹿此时已经跳不起来了，它站在原地一动不动，用惊恐的眼光看着猎人。公鹿看到猎人来了，心急如焚，它看看虚弱的母鹿，知道自己无能为力了，只好无奈地摇摇头，转身飞速逃开了。母鹿无助地倒在地上，它挣扎着，却再也站不起来了。

达夫拔出了刀子，母鹿大大的眼睛里充满了泪水，浑身颤抖着，却发不出任何声音来。伊杨看着母鹿这样痛苦，内心难过极了。他转过身去，不忍再看后面即将发生的一幕。

残忍的达夫走到母鹿旁边，很熟练地用他的刀子剖开了母鹿的身体。伊杨一阵头晕目眩，突然感觉心痛不已。直到达夫大声喊他帮忙，他才回过神来。这时，母鹿已经倒在一片血泊中了。

母鹿虽然比公鹿小很多，但伊杨和达夫依旧扛不动它。于是，他们暂时把死母鹿留在原处，回头去找雪橇来拉。

伊杨和达夫离开之后，公鹿再次来到母鹿身边，含着眼泪舔着母鹿流在地上的血。

大约一个小时后，伊杨和达夫拉着雪橇回来，看到母鹿周围有许多很大的脚印，才知道公鹿也回来过。他们抬头向四处探望，发现一道灰暗巨影匆匆消失了。

抓到母鹿的那个晚上，伊杨并不像其他猎人那么开心。他皱着眉头，脑海中不断闪现着母鹿的惨状，心中暗想：人类怎么可以这么残忍呢？难道这就是打猎吗？辛辛苦苦地追踪和等待，跋山涉水，风餐露宿，历经艰难困苦，最后收获的却是良心不安。而那么美丽的一只动物，现在却变成了血淋淋的肉块，变成人们餐桌上的佳肴，这是多么残忍的事情啊！

灵犀一点

美丽的母鹿被猎人捕杀了，看着它变成一堆血淋淋的肉块，伊杨对打猎的意义产生了怀疑。人们为什么要为了自己的食欲，残忍地对待无辜的动物呢？这是一个值得反思的问题。

第八章　跟踪公鹿

同伴们受不了野外的寒冷，带着猎物回家了。伊杨独自留了下来，继续追踪公鹿的下落，这次他的运气如何?

第二天醒来，伊杨的心情好了许多，不再那么沉重了。

猎人们各自都有不同的收获，打算回家了，而伊杨却不想回去。他心里还有一个心结，那个心结让他觉得比带着猎物回家更有意义。当他在一处雪地上又发现了沙丘公鹿的大脚印时，就更加坚定了留下来的决心。

于是，伊杨对其他猎人说："我暂时还不打算回去，这里还有什么东西吸引着我，诱惑着我，我一定要把它找出来才行。哪怕再让我与沙丘公鹿见上一面呢！我要留下来。"

同伴们都不想再留下，他们收获了猎物，已经很满足了。况且这里的温度太低了，他们实在受不了了。伊杨接过同伴们留给他的一些生活必需品，挥了挥手，转身沿着野鹿的大脚印向森林深处走去。

其实伊杨心里挺不好受的。同伴们走在回家的路上，渐行渐远，他才开始搜寻野鹿的脚印。以前他一个人出来打猎时，并没有这么失落，那时的他总是信心十足，充满希望的。此刻他独自面对眼前的苍茫大地，内心却充满了难以诉说的寂寞与凄清。曾经在森林中奔跑的快乐怎么突然不见了呢？他甚至有大声喊同伴回来的冲动，但是，自尊心不允许自己这么做，他只能默默坚持着自己的选择，独自品尝着此刻的孤独。

站在荒无人烟的丛林中，伊杨的内心突然激发出一种巨大的力量，他赶紧把注意力放在脚印上，这才是他此刻最想做好的事情。

伊杨追随公鹿的脚印，再次踏上新的征程。刚刚的凄凉之感一扫而空，此刻的他变成了丛林野兽心中最可怕的“动物”。是的，在动物的眼里，猎人才是最可怕的。

天很快黑下来了，伊杨追到现在，地上的脚印已有好几次呈现出混乱的状态，一直延伸到茂密的杨树林里。伊杨知道，大脚印的公鹿就在附近了。

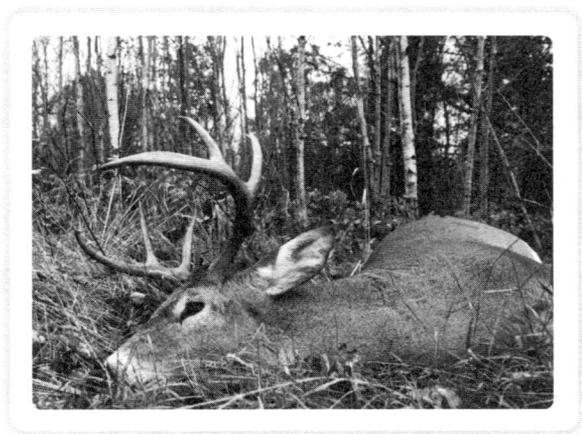

果然，此时的公鹿正躺在不远处的地面上睡觉，当然，即使在睡梦中，它也是很警觉的。公鹿迎着风躺着，眼睛和耳朵随时都在捕捉周围的信号，它的鼻子也一直在动。伊杨慢慢向它靠近，心里盘算着什么时候开枪最合适。

伊杨既兴奋又紧张，在地上爬行了很长一段距离。突然，身后传来一声树枝折断的声音，伊杨吓了一跳，连忙站起身，观察了一会儿，才意识到这是公鹿逃跑时发出的声音。

其实这是聪明的公鹿使的一个计谋。它在躺下睡觉之前，会继续向前跑几公里，然后再原路返回，如果发现周围安全，它就会安心睡觉。

伊杨果然中计了，他奋力追着公鹿的脚印向远处跑去，直到一处脚印消失的无雪地带。而公鹿其实就躺在伊杨身后的某个地方睡觉呢！当伊杨意识到自己被公鹿骗了之后，它早已跑得无影无踪了。

这个地方对伊杨来说非常陌生。夜幕降临，寒风凛冽，伊杨不得不找个地方歇脚。他太冷了，想起加思卡教给他的生火技巧，就找来一些干树枝点起了一小堆火。当然，在森林中燃起大火是非常愚蠢，也是非常危险的事情。

伊杨太累了，很想躺下睡一觉。但是温度太低了，他翻来覆去无法入睡。他多希望自己也像森林中那些浑身毛茸茸的小动物们那样，披一身厚厚的皮毛，一定十分暖和。

夜晚的森林安静极了，天上繁星闪烁，空气好像被寒冷冻结住了。偶尔，远处会传来几声冰雪崩裂的响声，霎时，响声雷动，仿佛山崩地裂一般。

午夜时分，一只狼在伊杨附近出现了。这只狼并没有把伊杨放在眼里，也不觉得他是人类就有什么了不起，在狼看来，伊杨也是野生动物世界中的一员。大概看到有火，最终，狼没敢靠近，悄悄地离开了。

第二天天亮之后，气温有所回升，但开始下起了大雪。公鹿的脚印已经被雪掩盖住了，伊杨站在雪地里，不知自己身在何处，无法分辨方向。摸索着走了 3 公里后，伊杨打算到伯国河那边去，他记得伯国河在东南方向，但是他此刻却辨不清方向。

细碎的雪不停地飘落下来，落在他的眼皮上，让他睁不开眼，他浑身快要冻僵了。天地之间到处都是随风飞舞的雪花。伊杨跑进杨树林中，拼命地刨雪，终于挖到一棵不一般的草。这种草有个特殊的功能——指北，这种草朝北生长，伊杨根据这株枯萎的草终于辨明了方向。

此后，伊杨一直就靠挖这种草来确定方向。走了好久，终于到达伯国河。这时，雪也停了，天气也不再那么冷了。伊杨又开始在河边寻找鹿的脚印，却什么都没有发现。

夜晚很快又降临了，温度降得很低，伊杨蜷缩着身子，冻得直打哆嗦。他身上已经有好几处冻疮，疼痛难忍，但他仍然咬牙坚持着没有回家。

次日，伊杨渡过伯国河，看到一片没有树的地方，走着走着就看到了一些模糊的脚印。伊杨继续追踪下去，很快就发现了 6 只鹿的踪迹。它们可能在这个地方休息过，因为地上脚印范围非常大，而且印迹很新鲜，这说明它们并未走远。

“它们一定在不超过 300 米的地方。”伊杨在心里说道。

他小心翼翼地继续跟着脚印往前走，大约走出 100 米，雾气弥漫了整个丘陵地带，伊杨隐隐约约地看到 5 只小野鹿，而沙丘公鹿却站在丘陵顶部。

伊杨刚要拿起枪，就被鹿群发现了。它们立刻像风一样逃到丘陵的另一边去了，那座丘陵就是野鹿的屏障，不止一次帮它们避过危险。沙丘公鹿带领着另外 5 只鹿一直不停地奔逃，为了甩开敌人，它们又采取兵分两路的办法。而伊杨的目标只有沙丘公鹿，所以沙丘公鹿往哪边跑，伊杨就跟着往哪儿跑。

一直追到伯国河附近，伊杨发现了一处非常茂密的树林。直觉告诉他，沙丘公鹿一定藏在那片树林里。

伊杨悄悄地藏在一棵大树后，窥视着树林里的动静，大约半个小时后，树林里出现了一个黑点，正向对面的山峰移动。黑点翻过山顶之后，伊杨迅速从山谷往山坡上爬去，想去寻找鹿的脚印。公鹿非常聪明，它登上峰顶时往身后看了一眼，正好看到伊杨在山谷中奔跑，便毫不犹豫地撒腿逃远了。

每到生死存亡关头，野鹿总是会选择逃到另一片丛林中。伊杨以前经常听一些老猎人说，不管猎人追赶的动物有多么聪明，跑得多么快，只要猎人坚持追下去，就一定能把它收入囊中。伊杨现在才真正体会到这句话的深意。此刻，他浑身充满力量，并没感觉到很累，而公鹿脚印之间的距离却在渐渐缩短，它有点体力不支了。伊杨决定加快步伐，猛追前面的公鹿。

公鹿经常站在高处观察敌情。伊杨在追赶的时候也会纳闷：公鹿在寻找什么呢？为什么地上的脚印会突然中断呢？伊杨一时想不明白这是为什么。

每当发现脚印中断时，伊杨不得不原路返回去找公鹿的新脚印，这常常要浪费很长时间。奇怪的是，既然公鹿已经体力不支了，为什么它的脚印之间由窄变宽了呢？

寒夜再次降临，伊杨扎好帐篷，在里面一边休息，一边琢磨，白天发现的现象令他百思不得其解。野鹿明明已经体力不支，为何细碎的脚步会突然变得很宽很大了呢？

第二天，伊杨很早就出发了，这次他终于又有了新收获。白天，伊杨发现他追赶的是公鹿的旧脚印，等到脚印消失他重新返回，已经用了很长时间，这时他才明白，公鹿是沿着自己以前的脚印往回跑了一段距离后，再使劲跳到旁边去，开辟了新的逃跑路线。这样伊杨就会追着旧脚印跑，直到失去目标重新回来。

公鹿用这种方法把伊杨戏弄了三次。它每次都会回到杨树林里，趴在地上休息一会。听到伊杨沿着脚印找到树林时，它才匆忙逃跑。

细心的伊杨识破了公鹿的伎俩，发现了新的脚印。新的脚印透露出公鹿已经疲惫至极，因为在夜以继日的逃跑中，它很少吃东西，每天在心惊胆战中睡不着觉，体力消耗很大。

灵犀一点

伊杨在追踪野鹿时，又发现了一个秘密，原来，聪明的野鹿会用脚印来迷惑猎人。适者生存，这也许就是野生动物能够生存下来的原因吧。

第九章　最后追捕

发现了公鹿脚印背后的秘密后，伊杨对捕猎那只沙丘公鹿更有信心了。

经过一段时间的追击，沙丘公鹿和伊杨又回到那片四周都是沼泽的树林。

树林有三个入口，公鹿从其中一个进入树林。伊杨从另外一个进入，并找到一个合适的位置，把自己脱下来的衣服挂在树枝上，然后又迅速跑到第三个入口等了很长时间，结果什么都没有看到。

伊杨就学着松鸡叫了几声，松鸡的叫声对公鹿来说意味着灾难即将降临。伊杨边跑边学松鸡叫，终于看到在树林深处，公鹿正警觉地向四处张望。

伊杨吹了一声口哨，公鹿便停下不动了。这时，伊杨离公鹿还有段距离，又有枝叶挡着视线，所以伊杨没有办法直接瞄准射击。公鹿观察了一会儿，向刚才进入树林的那个路口走去，它以为在这条路上遇不上敌人，没想到，猎人正在这条路上等着它呢！原来，那个“敌人”正是伊杨的衣服，被风一吹，传出阵阵响声。公鹿看了看，悄悄地转身，向密林深处走去。

伊杨在第三条路上等着公鹿的到来，他精神高度集中，当耳边传来树枝断裂的声音时，他紧张地站起身来。

伊杨端起枪瞄准了 50 米外的野鹿，那只野鹿的角像王冠一样，头和身体都非常美。伊杨终于追上了他日思夜想的沙丘公鹿。

公鹿看到伊杨，却没有显出一丝畏惧的神色，它站在

原地一动不动，耳朵高高耸立着，眼睛直直地盯着伊杨。伊杨举起的枪又放了下来，因为公鹿没有逃跑的意思，只是这样看着他。

伊杨原本紧张的情绪一下子放松了，他早已做好一切准备去捕捉眼前这只公鹿，甚至暗暗提醒自己："快开枪啊，胜利就在眼前，一颗子弹就可以结束战斗，难道你不想得到那双美丽的鹿角吗？"然而，理智占据了上风，伊杨最终没有举起猎枪。

这时，他脑海里浮现出那个被野狼包围的寒冷的夜晚，还有那只躺在血泊中的母鹿。他仿佛又看见了母鹿临死时那饱含泪水的眼睛，那种悲伤、绝望、幽怨的眼神似乎在质问着他："我到底做错了什么？你们为什么这么对待我？"

伊杨与公鹿对视的一瞬间，他捕杀公鹿的想法突然消失了。他没有办法做到在公鹿的注视下杀死它，以前对公鹿的渴望顿时烟消云散了。眼前的这只野鹿多么美丽啊！他从来没有见过这样漂亮的动物。伊杨不禁赞叹道：

"你的外表如此迷人，你的心也一定是善良的。此刻，我不是你的敌人，你也不是我的猎物。天地之间，你我是两种生物在相互注视，虽然你听不懂我在说什么，但是我知道我们有着同样的感受。

"我从没有像现在这么喜欢你，了解你，你是否也了解我的心情呢？不然，你为什么一点都不害怕我呢？

“我听过这样一个故事：有一只野鹿被凶猛的猎狗追到走投无路时，竟然向路边的猎人求救，而那位好心的猎人真的赶走了猎狗，救了野鹿一命。现在，你是在向我求救吗？

“你真的很聪明，我也会像那位好心的猎人一样救你。你就像是我的兄弟一样，我不会伤害你的。

“走吧！放心吧，我不会再追赶你！以后我也不会再到山上去追击你和你的家族。愿上天保佑你们！

“你的眼神击败了我残忍的兽性，你是大自然的精灵，赐予我善待万物的情怀。以后你不必再怕我，即使我们再相遇，我也会在你的眼神中妥协。我想我们不会再见面了，希望在以后的日子里，你永远平安、快乐地生活下去！”

灵犀一点

猎人最终放过了那只公鹿，是它的眼神击败了猎人的残忍。善良是最高贵的品质，它最终激发了猎人心底的惺惺相惜之情。人与动物本就应该如此和谐相处。

白色驯鹿传奇

第一章　驯鹿的家园

挪威山脉尤特鲁河区域是一片植物稀少的寒冷地带，这里看起来没有多少生机，却是驯鹿的家园。

干杯！干杯！为挪威干杯！
一起歌唱万德牧小矮人之歌！
我隐藏着
挪威的运气，
骑着一只白色驯鹿，
来了，来了！

尤特鲁河是地球上的一条裂缝，是挪威山脉中一条狭长的冰川河，那里常年荒凉阴暗、幽深寒冷，从高空俯瞰下去，就像是高高的挪威山脉上的一条细纹。尤特鲁河和另一条山脉互相连接，山脉高出海平面 900 多米。尤特鲁河常年流淌着冰冷的河水，因为它离太阳实在是太远了。

河岸上没有一丝生气，四周环绕着一片低矮的树丛，它们就像一条长长的尾巴，沿着高高的山谷一直向上延伸。小树丛越往上长越矮小，渐渐变得只剩下一些干树枝和青苔。这些矮树丛同时还沿着花岗岩石山向上延伸，一直延伸到半山腰处的湖泊，将湖泊四周围得严严实实。

这些花岗岩石山足有300米高，越往上走，空气越稀薄，气温也越低，这样的高度已经是树木生长环境的极限。当然，也有一些顽强的植物一直与恶劣的气候抗争着，桦树和柳树就是长期与冰霜相抗争的植物中最顽强的两种，这样的高度极限处，也只剩下它们两个树种了。

那些小桦树和柳树灌木丛里还不时传来喧闹声，有田�、田云雀和松鸡的叫声。但是，在接近高原北部时，越往山顶走，那些矮树丛就越被远远地落到下面，而山顶只有孤零零的岩石和飒飒的风声。

寒冷的霍伊高原向远方延伸，这是一个布满岩石且崎岖不平的平原，深洼处堆积着大片大片的积雪，远处高耸的雪峰，绵延起伏。在北面，乔特翰姆雪峰高耸入云，在太阳的照耀下，折射出洁白耀眼的光芒。尤其黑门山，那里到处是冰川，有着永远也无法消融的积雪，没有树的地方白茫茫地连成一片，显得圣洁无比。

阳光的威力是巨大的，而阳光每减弱一分，生命王国的活力就要降低一级。所有洼地的北坡气温都比南面低，松树、云杉树早就不见了踪影，花楸树在这里也看不到了，而桦树和柳树也只长到半山坡。

除了爬藤植物和苔藓，这里什么都无法存活。整个平原呈现出淡淡的灰绿色，上面覆盖着大片苔藓，有几处是一丛一丛的金色苔藓，使平原的部分地带也呈现出橘红色。显然，在阳光充足的角落里，颜色会更深一些，原本淡淡的灰绿色，变成了一片片草绿色。随处可见的岩石上是浅浅的淡紫色，每一块石头都会呈现出斑斓的色彩。灰绿色的苔藓沿着石头的边缘向四处蔓延，中间是橘红色的粉状条纹和黑色的美人斑点。这些岩石具有很强的吸热能力，因此，每一块石头周围都有一小圈喜热植物带。如果不是岩石的吸热能力，这些喜热植物根本就不可能生长在这么高的地方。

这里还生长着一些矮小的桦树和柳树，它们生长的位置就在那些适合植物生长的吸热岩石四周，就像一个法国老人在冬季里靠着他的火炉一样，这些桦树和柳树的枝叶不是伸向寒冷的天空，而是伸向吸热岩石。离这些小矮树很近的地方，还可以看见更耐寒的石楠灌木；离吸热岩石再远一点，气温更低，除了那些无处不在的绿色苔藓还能给这片高寒地带添加些许颜色，别的什么也生长不了。

虽然现在已经是 6 月了，但是在低处仍然堆满了积雪。气温一天比一天升高，这些白色的积雪每天都在融化，最终，它们会消融在冰冷的溪流中汇入湖里。

这些雪花没有显示任何生命的迹象，甚至连一点生的气息都感觉不到，四周全是荒凉的泥土地带，这充分证实了植物如果没有阳光，就不可能存活。

这里没有鸟儿，也没有生命。在树木生长地带和雪峰之间，是一片夹杂着白雪和灰绿色的荒原。越往上走，积雪越厚，一年四季都是寒冬。而越往北走，树木生长地带和雪的交界线更低，直到树木生长线刚好与海平面平齐。在这里，所有陆地都无法生长树木，在旧大陆时期这里被称为“苔原地带”，所有的陆地都是无树地带，在新大陆时期这里被称为“荒漠”。这里就是驯鹿的家园——驯鹿王国。

灵犀一点

在缺少阳光的地方，只有耐寒植物能够生存。如果低于一定的温度，所有的植物都无法存活。植物生长离不开水，也离不开阳光，就像人的成长离不开爱与引导。

第二章　母驯鹿头领

即将生崽的母驯鹿有些焦躁，它会在什么地方生下小宝宝呢？

在尤特鲁河岸下游的荒漠地带，生活着一群白驯鹿。这群白驯鹿的头领是一只母驯鹿，它带着这群白驯鹿在结了冰的河面上来来回回地跑着，也在春意盎然的两岸踏歌而行，它们一起唱着白驯鹿之歌“干杯！干杯！干杯！”这首歌似乎蕴含着某种美好的预言。

每年这个季节，政府会派一些劳工来到此处修建河坝，已经不再年轻的斯威格姆就是这劳工队伍的工头，他在霍伊高原尤特鲁河的上游修建河坝时，把自己当成了河坝的主人。他不知道，在他来到这里之前，早已有人来过这里，那个人在这条奔流不息的小河上冲进冲出，唱着他为这个地方和时代编写的歌曲。那个人从一台机车跳到另一台机车，做了很多事情。斯威格姆认为自己运气不错，有人说，给斯威格姆带来好运的是一个被称为水上精灵的小矮人。小矮人穿着一件棕色衣服，长着白色的胡子，住在陆地或者水里，过着自由自在的生活。但是，大多数斯威格姆的邻居只见过一只水鸟“福西卡”，这只小水鸟每年都会来到这里，或是在溪水里跳舞，或是俯冲到深水里捉鱼。

也许这两种说法都对，因为一些上了年纪的农场主告诉我们，矮小的精灵会化身成人或变成小鸟。不过，由精灵变成的小鸟与其他小鸟的生活方式不同，它会唱着挪威人从没有唱过的歌曲，拥有超强的视力，能看到别人看不到的风景。它能看见田�筑巢，也能看到地鼠哺育自己的幼崽。人们的肉眼几乎看不见远处有什么黑色斑点时，那只矮精灵化成的小鸟却能一眼认出，那斑点是只褪了一半毛的驯鹿。冰川河岸绿色沃土上有着美丽的绿色牧场，对那些驯鹿而言，这片绿色牧场就是它们的美食获取地。

是的，与某些动物相比，人类的视力远不及它们。水鸟福西卡从不伤害任何人和动物，所以，人们并不害怕它。它只是不停地唱歌，歌曲的内容有的是玩笑和预言，也许还带有一点儿讽刺。

在桦树的树顶，水鸟福西卡可以看见万德牧溪水的流动方向，它穿过尼斯村庄，消失在尤特鲁河阴冷的河水之中。当福西卡飞得更高时，它还能看见通向北部乔特翰姆雪峰的那片荒凉高地。

不久，天气开始变暖，大地渐渐复苏。森林里的春天已经来临。山谷随着生命的复苏变得热闹起来，从南方飞来一些从未见过的鸟儿，蛰伏了一个冬天的动物也出现在低处的森林地带，而在高地上，已能看到避寒归来的驯鹿。不过，春天乍暖还寒，冬天似乎并不情愿离去，所以，刚刚暖和了没两天，霜冻又开始回来。

太阳北归，似乎要把寒冷赶回乔特翰姆雪峰。山谷和背阴处，有些雪霜被吹到一处，但一到夜晚，白天太阳带来的温暖又会被寒冷替代。寒流与阳光之间发生了反应。在霜巨人的反击下，许多岩石上的冰川被劈开、碎裂掉了。岩石里面那些丰富的色调立刻显露出来，它们带着暖意，在那些灰绿色岩石中间闪闪发光。暴露出来的这些岩石就像无数天兵天将，遍布整个平原。这样的景致在冬春相交的地方或多或少都能看到，它们一直沿着苏列廷峰斜坡蔓延，足有近千米远。

不过，有些貌似岩石的东西在移动。当然，那些移动的东西并不是岩石，而是一群动物。它们三三两两，这儿

一堆，那儿一簇，虽然没有排成整齐的队伍，但都是朝着同一个方向迎风前行。

那些动物最后在一个山谷消失了，过了一会，又出现在近处的一个山脊上，它们密密麻麻地站在那里，望着天空。从它们树杈般的鹿角可以看出，它们是一群驯鹿，是一群正在准备回家的驯鹿。这群驯鹿朝着我们的方向流动，像羊一样旁若无人地吃着草。驯鹿习惯在找到一块好吃的草地之后，站在那儿，直到把脚下的草吃光。

鹿群总是不停地改变着队形，吃完一片青草，接着会跑到前面另找一片青草吃。有一只驯鹿总在人们的大篷车附近，它是一只既高大又漂亮的母鹿。不管鹿群队形怎样变换或扩散，它总是走在队伍的最前面。

善于观察的人们很快看出了其中的奥妙，这只母鹿影响着整个队伍的行动，显然，它是鹿群的首领，那些长着大鹿角的大个子雄鹿也愿意接受这只母鹿的指挥。假如哪只驯鹿不太听话，想表现自己的特立独行，要到别的地方去吃草，它很快就会发现自己被孤立了，这无异于将自己置于危险的境地。

领头的那只母鹿名叫瓦尔，它带领鹿群沿着树木生长的地带，已经在此游荡两个星期了，它们每天都向更高的山顶靠近一点点，直至到达那些裸露的高地。

积雪正在融化。由于牧场海拔升高，那些驯鹿白天会到高处寻觅食物，夜晚为了躲避寒冷又会回到低处的森林。就像人类一样，野生动物也惧怕寒冷的夜风。只是山谷森林里到处都是鹿虻，好在半山腰的岩洞很暖和，完全适合夜间露宿，所以它们夜晚也不去林地休息了。

也许动物的首领还没意识到，自己作为一群动物的首领是叫人感到自豪的事，但没有动物跟随的时候，它们也会有一种寂寞的感觉。当然，所有的动物都有单独行动的时候。

经过一个冬天，瓦尔长胖了，身体也变得结实了。当鹿群一边吃草，一边从它身边经过时，它却显得有些无精打采，独自耷拉着脑袋闲逛。有时它站在那里，茫然地瞪着眼睛，嘴边挂着一串没有嚼过的苔藓，然后又忽然惊醒，像往常一样一直向前跑。

瓦尔用茫然的眼神凝视着远方，它独自活动的愿望变得越来越强烈，越来越按捺不住。于是，它转过身，向山下走去，想去寻找桦树林。看到头领朝山下走去，整个鹿群都掉转方向看着它们的首领，然后向着相同的方向走去。然而，瓦尔这次却没有径直走下去，而是停了下来，一动不动，低下了头。群鹿吃着草，咕哝着经过瓦尔身边，没有停留，只留下它这只孤独的驯鹿，就像一尊面向山坡的雕像，一动不动。直到所有的驯鹿都离开了，它才悄悄地走开。走了几步，瓦尔一边四处张望，一边假装在吃草，它用鼻子嗅着地面，关注着鹿群，浏览着群山，最后才向山下那片能够遮风避雨的森林走去。

有一次，瓦尔注视着河岸时，看到一只母鹿在那儿独自徘徊，神情显得有些焦躁不安。但是瓦尔并不愿意别人打扰它，它不知道怎么做，只是觉得自己必须找个地方躲起来。

瓦尔静静地站在那儿，注视着另一只母鹿的动向，直到那只母鹿离它很近了，它才转身向旁边走了。瓦尔加快脚步，身体并没有过多地摇晃，一直来到可以看见尤特鲁河的地方。接着，瓦尔又来到斯威格姆拦河围坝的小溪边。

瓦尔从河坝上游蹚过那条清澈的小溪。野生动物通常都会利用流水将自己和所逃避的东西隔开，避免自己受到伤害。这是动物与生俱来的巧妙避险和确认敌友的本能反应。远处的河岸现在还是光秃秃的，什么也没有，远远望去，那片河岸呈现淡绿色。

瓦尔转过身，在横七竖八的树干中穿来穿去，离开了嘈杂的尤特鲁河坝。在远处的高地上，瓦尔停了下来，环顾一番，然后继续向前去。过了一会儿，它又转身走了回来。

这个地方完全被色调柔和的岩石围了起来，桦树已披上了春天的外衣。瓦尔想休息一下，可它似乎又不单纯为了休息。它焦躁不安地站在那里，驱赶着落在它身上的苍蝇，丝毫没有注意到不远处就是生机勃勃的绿草，它认为自己早已离开了别人的视线。

高原上发生的一切，自然逃不过水鸟福西卡的眼睛。它看到母鹿离开了鹿群，现在它正坐在一块色彩斑斓的岩石上，唱着歌，好像它一直在等候这一刻。

福西卡知道，这个幽谷里即将发生的事情，也许与这个族群甚至国家的命运相关，它高声唱道：

干杯！干杯！为挪威干杯！

一起歌唱万德牧小矮人之歌！

我隐藏着

挪威的运气，

骑着一只白色驯鹿，

来了，来了！

歌声响彻尤特鲁河大坝。

灵犀一点

首领瓦尔努力避开鹿群，原来它是为了找到舒适、安全的地方生下孩子，不管是动物还是人类，每一个母亲都会为孩子不辞辛苦。

第三章　白鹿的童年

刚刚一岁的白色小驯鹿，遇到了野狼的攻击，它会转危为安吗？

一个小时后，一只神气的小驯鹿躺在了领头母鹿瓦尔的旁边，那是它刚刚生下的小宝宝。母鹿瓦尔梳理着小驯鹿的皮毛，舔着它，照料它，极尽温柔。瓦尔感到自豪又幸福，仿佛这是它第一次生小驯鹿。

正是驯鹿的繁殖季节，那个月，驯鹿群里大概有成百上千只小鹿出生，但没有一只幼崽像这只一样与众不同，因为它浑身上下雪白一片。

福西卡看到这只刚出生的白驯鹿，坐在色彩斑斓的岩石上开始欢快地歌唱："祝您好运，祝您好运，小白驯鹿！"仿佛它清楚地知道，这只白色幼崽长大成为一只真正的驯鹿后，将会扮演重要的角色。

现在，又一个奇迹发生了，不到一小时的时间，瓦尔生下第二只驯鹿，是一只棕色的小鹿。但是，动物世界总有些事出乎人的意料，这只驯鹿也一样，瓦尔不得不狠下心来做出痛苦的选择。

两个小时后，瓦尔领着小白驯鹿离开了那个地方。那只棕色的小鹿没有存活下来。

从动物生存法则来说，瓦尔的选择是明智的。养活一只驯鹿，让它长得更强壮，胜过养活两只虚弱的驯鹿。几天后，瓦尔又回到团队，依旧当它的鹿群头领，那只新出生的小白驯鹿已经开始在它身边跑来跑去。

瓦尔悉心照料着小白驯鹿，作为头领的它，总是领着小白驯鹿走在鹿群队伍的前头。不只是小白驯鹿走在前面，那些带着幼崽的鹿妈妈们和瓦尔一样，也一起走在队伍的前面。

瓦尔个头高大，身体强壮，正是精力充沛的时候，为此它感到自豪。这只小白驯鹿就是母鹿人生中全盛时期绽放的花朵。鹿妈妈在带领鹿群往前走时，小白驯鹿常常跑到妈妈的前面。走着走着，瓦尔常常会和小白驯鹿碰到一起，看到这种情景，后面的队伍往往开心一笑。因为一老一少——胖母鹿和刚刚长出鹿角的小白驯鹿走在前面，一

大群棕色的鹿就跟在后面，它们好像是被一只白色的小鹿带领着。

这些驯鹿们一直走到高山上，整个夏天都在那儿度过。低谷的树叶哗啦啦作响，好像在说："去吧！到高山上去吧！去聆听精灵的歌声吧，那个地方还有黑色的潜鸟在冰上大笑。"

斯威格姆一直在观察驯鹿群，他看到不断壮大的鹿群说："那只小白驯鹿的妈妈就是它们的老师。"

秋天到来的时候，斯威格姆看到棕色沼泽地上有一片雪花在移动，而水鸟福西卡看见的却是一只一岁的小白驯鹿——准确地说是一只小雄鹿。当它沿着尤特鲁河岸跑过去喝水时，平静的水面完全映出了小白驯鹿的身影，小白驯鹿的身后是黑黝黝的小山。

那年春天，鹿群出生了很多小鹿，但它们中有许多没能活下来，有的是被冰川河流冲走了；有的是因为身体虚弱病死了；有的是因为愚笨，出去之后再也找不到回来的路；还有的驯鹿倒在路上，就再也爬不起来……这是自然界的规律，有些驯鹿因不懂得生存法则而死。但是，小白驯鹿是它们当中最强壮的驯鹿之一，它得到了妈妈的悉心教导，进步很快，变得非常聪明，因为它的妈妈是驯鹿群中最聪明的。小白驯鹿现在已经知道长在岩石向阳面的草更甜美，尽管阴暗洼地里的草看起来一样，但并不可口；它知道当妈妈的蹄子发出“咔咔”声时，它必须赶紧走路；它也知道，当整个鹿群的蹄子都发出“咔咔”声时，就代表有危险了，这时它必须待在妈妈身边，因为这种“咔咔”声就像鸭子拍打翅膀时发出的警告声，其目的是把同类召集到一起。小白驯鹿还知道，小山雀在哪里垂下像棉絮一样的冠毛，哪里就有危险的沼泽；松鸡“咯咯”地尖叫时，就意味着老鹰在近处，对鹿也很危险；吃了有毒的果子会死；遇到昆虫叮咬时，要到雪堆里躲起来；在所有动物的气味中，只有妈妈的气味可以完全信任。

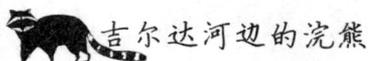

小白驯鹿明白，自己正在一天天长大，它原来扁扁的腰板正变得圆如水桶，它的四肢也变得匀称起来。小白驯

鹿现在不过是一只一岁大的公鹿，在它两个星期大的时候，头上就生出一个鼓包，而现在这个鼓包却长成一个能在战斗中获胜的又尖又硬的鹿角。

这段时间，这些驯鹿们不止一次嗅到了被人们称之为“野狼”或“狼貛”的气味，它们都是驯鹿的可怕敌人，这些敌人都是北方动物的毁灭者。

一天，这种危险的气味忽然近了，而且来势凶猛。突然，一只巨大的深棕色野兽从岩石后面一跃而出，直奔队伍前方的小白驯鹿。这只野兽动作迅猛，浑身的毛竖立着，嘴里喷着热气，发出低沉的吼声，牙齿和眼睛闪着亮光。

小白驯鹿顿时吓得不知所措，它鼻孔张得大大的。就在小白驯鹿想要转身逃跑时，心里忽然生出另一种感觉，一种由于自己的宁静被打破的愤怒。这种愤怒驱走了小白驯鹿所有的恐惧，它的四肢不再软弱无力。于是，小白驯鹿竖起自己尖硬的鹿角，迎着敌人冲了过去。

那只棕色的野兽就是野狼，只听它发出一声低低的惨叫声，原来小白驯鹿的鹿角一下子刺入了它的身体，野狼猝不及防。

由于用力过猛，小白驯鹿把野狼刺伤的同时，自己也摔倒了。如果不是鹿妈妈的警觉，且又在跟前，小白驯鹿很可能遭遇不测。

看到小白驯鹿倒地，鹿妈妈奋不顾身地向这只突然发起袭击的野兽冲了过去，由于它的身体更重，鹿角更为尖硬锋利，所以，它使劲一顶，就把野狼给顶翻在地上。小白驯鹿翻身爬起来，又冲了上去。而此时的野狼早已变成一堆毛茸茸的东西，躺在地上一动不动了。

鹿妈妈看到野狼已死，转身退后又去吃青草了。小白驯鹿冲上去，发出吼声，一副怒气冲天的样子，它用力把鹿角插进这只可恨的野兽身上，直到自己雪白的脑袋沾满了敌人的鲜血。

从那以后，小白驯鹿身上就呈现出牛的特性——平静的外表下隐藏着好斗的兽性，它越来越像北方人的气质：粗犷、敦实、冷静且不轻易动怒，可它一旦被激怒，便会和对方一决高下。

那年秋天，那些驯鹿们聚集在湖边，福西卡又唱起了那首古老的歌谣：

干杯！干杯！为挪威干杯！
一起歌唱万德牧小矮人之歌！
我隐藏着
挪威的运气，
骑着一只白色驯鹿，
来了，来了！

仿佛这就是福西卡所等待的，随后它便消失了，没人知道它去了什么地方。斯威格姆曾经看见它像鸟儿飞过天空那样飞过溪流，像松鸡在岩石上行走那样经过深水池的池底。福西卡终归与平常的鸟儿不同，所以过着只有自己知道的生活。

斯威格姆说，水鸟福西卡只是去南方过冬了。但是，斯威格姆不识字，他既不会读书，也不会写字，他是怎么知道的呢？

灵犀一点

随着时间的推移，小白驯鹿越来越具备成年驯鹿的特性：粗犷、敦实、冷静且不轻易动怒。而这一切，都是它的妈妈悉心教导和它自己好学的结果。

第四章　赢得比赛

每年春天，当驯鹿们离开森林迁移到尤特万德荒凉的海岸途中，都会有一场冰上赛事，小白驯鹿表现得如何呢?

每年春天，当驯鹿们离开森林迁移到尤特万德荒凉的海岸途中，在经过斯威格姆的磨坊时，都会有水鸟福西卡在那儿唱着那支白驯鹿之歌。白驯鹿经过数年历练，已经渐渐变成了真正的领袖。

小白驯鹿出生后的第一年春天，它站起来只比野兔略高一点。秋天它到河边喝水时，它的背已经比斯威格姆的那条小溪和尤特鲁河汇合处的那块石头高了。第二年，小白驯鹿从矮桦树下经过时，头顶已能触到树枝，它不得不低下头。第三年，小白驯鹿经过时，站在石头上的水鸟福西卡再看它时，就要抬起头仰视，而不像从前那样低着头俯视了。

就在这年秋天，斯威格姆和工友罗尔搜遍霍伊高原，想要把那些平时自由散养的鹿群聚集在一起，挑选最强壮的去拉雪橇。他们对那只白驯鹿的评价是：相对于其他驯鹿，它身材更高大，身体更重，通体雪白，鬃毛很长，甚至可以扫到地面的积雪。同时，它还有着马一样的胸脯，橡树枝一样的鹿角。它是鹿群里的国王，自然就成了雪橇队伍的头领。

通常情况下，驯马人有两种，驯鹿人也有两种。一种人会把动物当朋友，训练出动物的精气神，受教过的动物也会成为驯鹿人的好帮手；另一种人训练时会用皮鞭摧毁动物精神，结果只会训练出一个被动的奴隶。奴隶会随时准备反抗，宣泄它的怨恨。

许多拉普人和挪威人因为粗暴地对待驯鹿而丢掉了性命，罗尔就被自己养的雪橇鹿折了寿。但斯威格姆则是温和型的，因此，训练白驯鹿的任务自然就落到斯威格姆头上。

训练任务一开始进行得比较缓慢，因为白雄鹿憎恨一切来自人类的冒犯，如同它憎恨来自同类的冒犯一样。好在斯威格姆把它当朋友，驯服它的方式是友善的，而不是恐怖的。在一次雪橇比赛中，白驯鹿由于学会了服从人类而获得胜利。人们看见这只温顺的白驯鹿沿着尤特鲁河长长的雪地大步飞奔，鼻子里冒着热气，雪花在前面旋转，像汽船船头卷起的浪花，雪橇、驾车人和鹿，在飞奔的白色中渐渐模糊，那景象十分壮观。

随后，尤尔泰德集市开幕，其间的活动——冰上比赛，是一年之中唯一的赛事。整个尤特鲁河一下就欢腾起来，沉闷的群山处处回荡着欢呼声。

驯鹿比赛刚开始时，闹了许多意想不到的笑话。罗尔本人也在那儿，他那只拉雪橇的黑鹿排在前面，这只黑鹿已经5岁，正值壮年，身材高大。在比赛途中，罗尔有些心急，脾气有些暴躁，他不停地扬鞭催赶这只黑鹿快速向

前冲去。就在即将获胜的时刻，罗尔狠狠地抽了黑鹿一下，结果他的黑鹿顿时愤怒了，猛地转过身来，怒气冲冲地盯着罗尔。雪橇一下子就翻了，吓得罗尔赶紧躲到倒扣着的雪橇下面，一直等到黑鹿对着树林发泄完怒气为止。就这样，罗尔输了比赛，获胜者是斯威格姆的那只年轻的白驯鹿。

接下来，白驯鹿又赢得了 8 公里的环湖赛。每赢一次，斯威格姆就会在它的马具上挂一个小银铃。只要白驯鹿跑起来，那些小铃铛就会发出“叮咚、叮咚”欢快的铃音。

冰上比赛之后，是一场赛马。最终，取得胜利的是一匹叫“巴尔德”的马。当这匹获胜的马接受绶带、它的主人接受奖金时，斯威格姆手里拿着他得到的所有奖品，跑过去说：“拉尔斯，你的马是一匹好马，但我的是一只出色的驯鹿。不如我们之间也来一场比赛，把奖品放在一起，都给获胜的那只动物。”

鹿和马比赛，这种比赛前所未闻。枪声一响，它们都像箭一般冲了出去。

“巴尔德，快!”巴尔德，这匹漂亮的选手马像子弹一样射了出去，而白驯鹿也迈开大步，但速度明显慢了许多，落在了后面。

“驯鹿，快！”

马儿起跑时用了全速，健步如飞，胜利在望，人们有说不出的高兴。可这时，驯鹿飞跑了起来，而且越来越快，它们之间的距离拉近了，马儿获胜的可能性受到冲击。

由于马儿一开始就用足了劲，几乎在冲刺，到了最后，反而速度提不起来了。而驯鹿却越跑越有劲，它平稳快速地迈开大步，越跑越快，斯威格姆在旁边不断地大声鼓励它：“嘿，驯鹿！好样的，驯鹿！”或者他轻轻地抖动缰绳，与平时训练时那样温和，与驯鹿交流一下。就在转弯处，驯鹿已经追上马儿，与它并驾齐驱了。

马儿虽然跑得不慢，但在驯鹿追上它时在冰上滑了一下，马儿好像害怕了，竟然停下不走了，而驯鹿则一溜烟地跑远了。

马儿和骑手被远远地甩在了后面，这时，现场所有人开始高声呐喊，为已经冲过终点线赢得比赛的驯鹿欢呼。其实，这些都表明驯鹿已进入壮年和速度最快的时期了。

其实，动物表现好坏，与驾驭它的人也有关。

一次，一向粗暴的罗尔试图驾驶白驯鹿，他们出发时跑得还很平稳，白驯鹿早已做好准备，它温顺地低垂着睫毛，遮住自己温和的眼睛，根据操控自己的缰绳调整着方向和步伐。那天没有任何缘由，罗尔却用鞭子抽打了白驯鹿，它原来稳健的步伐就发生了变化。白驯鹿奔跑的速度放慢了，只见它把四条腿向前跃起，直到停下来，耷拉的眼皮抬了起来，眼珠不停地转动着，鼻孔里喷着热气，眼里发出可怕的绿光。

看到白驯鹿停了下来，气急败坏的罗尔朝着白驯鹿大声吼叫起来。随后，他突然意识到某种危险，连忙掀起雪橇，躲到下面。驯鹿转身冲向雪橇，它一边嗅，一边用蹄子刨着地上的雪。

就在这时，小克努特——斯威格姆的儿子跑了上来，他用胳膊搂住了白驯鹿的脖子，白驯鹿眼里那种凶狠的目光慢慢消失了。最后，白驯鹿在小克努特的引领下，平静地回到了起点。当心，赶鹿人！看吧，驯鹿也会发怒的。

就这样，这只白驯鹿正式结束野生状态，开始为当地人服务。

在接下来的两年内，作为斯威格姆的驯鹿，这只白驯鹿逐渐闻名全国，到处流传着它的传说。它能在 20 分钟之内跑 10 公里，拉着斯威格姆围着尤特鲁河转一圈。当雪崩掩埋了整个霍拉克村庄时，是它去奥普代尔斯求救，然后又用了不到 7 个小时，在深雪里走了 60 多公里返回，带来白兰地、食物，以及救援队马上到来的消息。

当喜欢冒险的小克努特掉进尤特鲁河上刚结的薄薄的冰窟时，驯鹿听到他的求救声跑来救援。白驯鹿是它同类中最听话的，总是随叫随到。

白驯鹿成功地把溺水的男孩救上岸来。当他们渡过万德牧溪流时，那只水鸟福西卡欢快的歌声又响了起来：

好运！好运！

伴随着白驯鹿。

之后，白驯鹿消失了几个月——整个冬天都潜入水下的某个岩洞里，吃喝玩乐，尽情地享受去了。但是，斯威格姆却不相信这个说法。

灵犀一点

小白驯鹿在温和的驯鹿人那里，变成一只温顺、出色的动物。每个人都有可塑性，遇到有爱心、懂他的老师再加上恰当的方法，往往就能成为优秀的人才。

第五章　拯救挪威

当地一个落魄的官员，到处游说大家签名意图谋反，他得逞了吗？白驯鹿又是怎么做的呢？

传说，有时候，一些国家的命运被交到一个孩子手中，或是托付给了鸟兽。现在，挪威的命运被托付给一只高贵的公驯鹿，也就不足为奇了。那只水鸟福西卡唱的歌曲蕴含着一番道理。

此时，斯堪的纳维亚正处于多事之秋。一些图谋不轨的人，也是地道的卖国贼，在兄弟国家挪威和瑞典之间挑起事端。“打倒联邦！”的呼声越来越高。愚蠢的人们，多么希望你们能够听到鸟精灵曾经在斯威格姆的车轮旁所唱的歌啊！

乌鸦与狮子，

在海湾边逮住了熊。

但它们却在半路上打起架来，斗得两败俱伤，

熊捡起了乌鸦和狮子的骨头，好欢喜呀，好欢喜！

在挪威，谣言四起，即将爆发内乱的消息传遍四方。人们都说国家面临内战的危险，不断举行秘密集会。每次会议都有一个口袋胀鼓鼓、巧舌如簧的家伙，肆意夸大国家的种种不是。人们刚一表示要为自由而战，他就承诺可以得到一股强大的外部势力的援助。谁也不公开说出那股势力的名字，也没有必要说出，因为到处都可以感觉到、了解到。那些真正的爱国者开始信以为真，他们的国家蒙受了不白之冤。

国家千疮百孔，民不聊生。社会上钩心斗角，错综复杂。虽说国王一心要造福人民，却也回天乏术。诚实正直的国王怎么能对付得了这种蓄谋已久的阴谋呢？他身边的谋士也被错误的爱国热情弄得晕头转向。这些愚蠢的人根本没意识到，自己正落入异族的圈套之中。有一两个谋士就这样被异族试探、收买，他们便有了“奋斗目标”。为首的是波尔格雷温克，挪威的一个前政府要员。

波尔格雷温克领导天赋极高，是挪威议会的成员。如果不是在工作中犯了几个错误而失去了信任，他可能早就

成为首相了。他自认为怀才不遇，感到满腹委屈，壮志未酬，当外国奸细稍微试探过他，他便立刻倒戈成了他们的帮凶。

起初，外国势力需要贿赂他，才能让他放弃爱国情怀，随着事情的发展就没有这种必要了。最后，在这场影响深远的阴谋中，他做好充分准备为了外国人的利益而打击联邦。

整个阴谋计划日趋完善，一些军官也被这些所谓的“国家失误论”所误导，被拉拢参与其中。每次行动都使波尔格雷温克更加明确地成为这个事件的领导者。这时，他和“信使”，也就是那个外国奸细，就报酬问题发生了分歧，争执越来越激烈。

波尔格雷温克仍然参加所有会议，但他更加小心，把所有权力都集中在自己身上。为了实现自己的野心，他甚至做好转向国王一派的准备，为了换取自己的安全，他可以随时出卖自己的手下。但他需要一些证据，于是，他开始着手为权利宣言收集签名，那只不过是对公然叛国的遮盖而已。

在莱达尔索伦集会之前，他已经哄骗着许多大人物签了名。初冬，他们在莱达尔索伦召开了集会，大约有 20 位爱国人士参加，其中有些人身居要职，他们在挪威都是有影响力、有权力的人。在那间沉闷的密室里，他们谋划着，激烈地讨论着，相互争论着。在这间炉火熊熊的房子里，大家群情激昂，纷纷表示要干出一番轰轰烈烈的事业来。

在这个冬天的夜晚，室外篱笆旁边，有一只了不起的白驯鹿被套在一架雪橇上，静静地躺在那里睡觉。它像头牛一样，蜷缩着身子，什么也不想。谁来决定这个国家的命运？是屋内那些有野心的政治家，还是外面这个像牛一样的沉睡者？谁对挪威更重要呢？是所罗门王的大帐里那些长着胡子的谋士，还是伯利恒城那个在溪边扔小石子的无忧无虑的放羊娃呢？

在莱达尔索伦，一切如常。波尔格雷温克口若悬河，几乎蒙蔽了所有人。一些爱国人士都将这个狡诈的野心家看成是一个具有自我牺牲精神的爱国天使。

所有人都相信他吗？当然不是。斯威格姆也在集会上，但他不会读也不会写，所以他没有签上自己的名字。虽然他读不懂书上的字，但他能读懂人心。

会议结束时，斯威格姆低声问艾克索·汤伯格："他自己的名字写在那张纸上了吗？"

汤伯格犹豫了一下，说："没有。"

斯威格姆接着说："我不相信那个人，我们应该让尼斯蒂恩的人知道这件事。"

因为在尼斯蒂恩，马上就要召开一个非常重要的会议。要让他们知道这件事，就必须尽快通知那边的人。因为，波尔格雷温克马上就要出发，继续搞他的阴谋活动。

然而，当斯威格姆看到拴在篱笆上站着的白驯鹿时，眼睛一亮，顿时有了主意。波尔格雷温克跳上快马拉的雪橇，飞快地离开了。斯威格姆从马具上取下铃铛，解开驯鹿，走进船形雪橇。他挥动缰绳，开始催赶驯鹿，掉头转向尼斯蒂恩。

快马已经跑出很久了，但他们还没有穿过东边的山。而此时的斯威格姆并没有让白驯鹿全力加速，他只是跟在后面，直到前面的快马过了一片树林旁的转弯处，斯威格姆才赶着驯鹿离开了那条路，沿着河边的平地飞奔。这条路虽然很远，但唯有这条路才能让他提前到达。

咯吱——咔嚓——咯吱——咔嚓——

白驯鹿迈开大步，发出有节奏的声音。左边平坦的大道那高高的上方，他们听见了叮叮当当的马铃声，还有波尔格雷温克的车夫的叫喊声。车夫正遵照吩咐，加速赶往尼斯蒂恩。

通往尼斯蒂恩的大路很近，而且很平坦；通往尼斯蒂恩的河谷不仅长，而且崎岖。但是4个小时之后，当波尔格雷温克到达尼斯蒂恩时，那儿的人群中有一张脸是他离开莱达尔索伦时刚见过的——斯威格姆。他好像什么也没注意到，但是什么也没有逃过他的眼睛。

在尼斯蒂恩，没有一个人签名，因为斯威格姆提前警告过他们了。这件事情后果很严重，在这个关键时刻，如果签名成功，灾难无疑是毁灭性的。波尔格雷温克思前想后，越来越怀疑斯威格姆：这个老傻瓜在莱达尔索伦连名字都不会写，但他又是如何赶在了自己和快马前面，到达这儿的呢?

当晚在尼斯蒂恩有一个舞会，这个舞会完全是为了掩人耳目的。在舞会上，波尔格雷温克听说了快腿白驯鹿的故事。

波尔格雷温克的尼斯蒂恩之行失败了，这是由于骑着白驯鹿的斯威格姆先他一步到达，尼斯蒂恩人签名前知道了真相。

在以后的城市签名征集活动中，波尔格雷温克都没有成功，因为他总是无法赶在白驯鹿之前到达。也许消息已从莱达尔索伦传开了，即便如此，波尔格雷温克还是想赶到那儿，以牺牲整个挪威为代价来保全自己。

为了加快速度，波尔格雷温克想借白驯鹿拉的雪橇当坐骑。为了得到斯威格姆的同意，他动用了所有的影响力，斯威格姆不得不同意。

此时，白驯鹿正安静地睡觉。它懒洋洋地站起身来，慢腾腾地先伸开一条腿，然后是另一条腿，尾巴紧紧地卷在背上。接着它又把大鹿角的干草抖落，才慢慢地跟在斯威格姆身后，缰绳绷得紧紧的。

白驯鹿此时睡意正浓，所以走得很慢。波尔格雷温克不耐烦地踢了它一脚，白驯鹿轻轻地打了个喷嚏以示回应，斯威格姆连忙劝阻波尔格雷温克不要这样对待白驯鹿。然而，波尔格雷温克却满不在乎。他坚持要把白驯鹿脖子上的铃铛取掉，因为他想静悄悄地赶路。斯威格姆可不愿意和自己的白驯鹿分开，所以他决定乘坐马拉雪橇，紧随在白驯鹿之后。白驯鹿看到主人跟在后面，便不肯放开大步往前跑，所以行动略显迟缓。

波尔格雷温克随身携带着足以将一大批受了误导的人

引向死亡深渊的文件，他的心中充满了邪念，而且他又有本事实施他的计划，可以说手里握着挪威的命运。此时，波尔格雷温克安心地坐在白驯鹿后面的雪橇里，在深夜里飞奔着，去完成那件邪恶之事。

旅程中，白驯鹿曾停下不肯走，直到听到斯威格姆再次出发的指令，白驯鹿才跳跃了几下，猛地迈开脚步，险些把波尔格雷温克摔倒。波尔格雷温克恼羞成怒，不过看到马拉的雪橇被甩在了后面，他又强压住心中的怒火，抖动缰绳，大声吆喝着。

白驯鹿开始大步飞奔起来，宽大的蹄子“咔嗒、咔嗒”地响了两下，步伐稳健而均匀，在这个有霜冻的早晨，两只鼻孔平行向前喷出气体来。雪橇的前部画出两道长长的雪线，这些雪花在人和雪橇的四周弥漫，直到周围的世界全都变白了。

得知主人斯威格姆驾着马儿跟在后面，马儿的铃声被慢慢甩到后面时，这只白驯鹿的眼睛里闪烁着快乐的光芒，奔跑与征服的喜悦，溢满心间。

尽管昨夜这只驯鹿曾使他遭受失败，但专横的波尔格雷温克还是不由得赞叹它的出色。现在，他正利用这只驯鹿的速度去达到自己的目的，一心想要远远赶在马拉雪橇的前面，提前几个小时到达。

他们飞奔上坡，就像下山那样快，速度之快让这个野心家精神倍增。

雪橇在飞奔，白驯鹿蹄下踏破冰霜的“咯吱”声就像牙齿磨碎的声音一样。他们来到了尼斯蒂恩山到戴尔卡尔山之间的一片平原上。

清晨，他们疾驶而过的身影，碰巧被站在窗前的小卡尔看到——一个白色的车夫，驾驶着一辆白色的雪橇，赶着一只大白鹿，就像童话故事里的情景一样。他忍不住拍手叫好：“太棒了，太棒了！”

可是，小卡尔的祖父看见那只传奇的白驯鹿居然没有铃声相伴时，有种不祥的感觉，他连忙点燃一支蜡烛放在窗台上，一直燃烧到日上三竿。

没错，这是乔特翰姆雪峰的那只白驯鹿。车夫手握缰绳，驱赶着白驯鹿，想快些到达卑尔根市。他用缰绳抽打着白驯鹿，白驯鹿连打三个响鼻，跳跃了三下，接下来跑得更快了。

当他们经过迪尔山口时，天空飘起小雪，白驯鹿嗅到了暴风雪即将到来的味道。

白驯鹿焦虑地看着天空，稍微放慢了脚步。波尔格雷温克看到雪橇慢了下来，冲着白驯鹿便大喊大叫起来，他不停地抽打着白驯鹿，一下，两下，三下，越打越狠。白驯鹿瞬间加快步伐，雪橇飞一般地疾驰起来，不一会儿就跑过几公里，一座桥进入视线。

暴风雪开始肆虐，水鸟福西卡却在拱形石头上跳着，唱着：

挪威的命，挪威的运。

隐藏的精灵，奔跑的雄鹿。

他们沿着崎岖的大路向下飞奔，拐弯时往里斜了一下。这时，白驯鹿听到桥上传来的歌声，立刻放慢了脚步。波尔格雷温克却不知道声音从何处传来，依旧狠狠地抽打着白驯鹿。

白驯鹿的忍耐到了极限，它的双眼像生气的牛眼一样瞪着，喷着怒火。它愤怒地打着响鼻，晃动着一双大角，但并未因为挨打就停下来报复。它的脑海闪现着一个更大的报复行动，于是加快速度向前飞奔。

此时，波尔格雷温克已经失去了对雪橇的控制。白驯鹿听到的骂声已被远远地抛在后面，它拉着雪橇在疾驰中离开大路，飞快地转向石桥，雪橇瞬间翻转了360度，又正了过来。如果不是有安全皮带，波尔格雷温克早已被抛出车外摔死了。白驯鹿浑身是伤，在溅起的雪花中慢慢站起身来。水鸟福西卡从桥上轻灵地跳到它的头上，抓住鹿角，跳起了舞，唱完那首古老的歌谣，接着又唱起了一首新歌：

哈！幸运的好日子！

挪威终于除掉了祸根！

波尔格雷温克吓得惊恐尖叫，继而恼羞成怒，他从坑坑洼洼的雪地上跳了起来，用手里的绳索对着白驯鹿狠狠地打了起来。他想制服它，然而无能为力。他慌忙抽出匕首，准备刺向白驯鹿的后腿，结果却被它踢了一脚，匕首从他手里飞向空中。

雪橇的速度慢了许多，不过，白驯鹿却是疯狂地跳着跑，一跳足有5步远。可怜的波尔格雷温克被困在雪橇里，破口大骂着想办法脱身，结果是白费。

白驯鹿的眼里充满了血丝，怒火顺着鼻孔喷涌而出。

它沿着崎岖不平的山路向上狂奔，奔向残壁断崖，奔向风雪弥漫的霍伊高原。它在山上飞驰，像海燕飞过巨浪；它在平原上奔驰，像白鹳掠过海滩。它沿着妈妈第一次带它蹒跚学步的那条小路一直往上跑；它沿着自己十分熟悉的老路奔跑，这条老路它已经走了5年。在这条路的两边飞着许多白翅鹰，通过这条小路可以到达黑色的岩石山，这里就是驯鹿们的神秘园。

白驯鹿驾着雪橇，像是狂风送来的暴风雪覆盖着山顶，远远看去，就像一个小小的雪花环。这个“雪花环”被狂风携裹着，迎风飞舞，速度之快，任何人与野兽都追不上。他们一直向上飞……

那个鸟精灵终于追上了白驯鹿，它正是在尤特鲁河坝唱歌的福西卡，现在它又在鹿角中间唱跳起来：

好运，挪威好运。

白驯鹿带来了好运。

越过特温德豪格山，白驯鹿带着雪橇，连同波尔格雷温克一起，像风雪一样消失了，消失在黑门山乔特翰姆雪峰上，那里是幽灵的家园，是终年积雪的高原。他们所有的痕迹都被肆虐的暴风雪抹去了，他们的结局无人知晓。

挪威百姓像终于从噩梦中醒来，他们的国家避免了一场浩劫。

白驯鹿在世间最后之旅，保留下来的唯一证据，就是斯威格姆从它脖子上摘下来的那串银铃，那是凯旋的银铃，每一个都记录着一场胜利。这位老人逐渐回过神来，他叹了口气，在线绳上系上最后一只银铃，也是最大的那只。

从此，人们再也没有见过那个出卖国家的叛徒，也没有见过那只挫败他的白驯鹿了。可是，住在乔特翰姆雪峰附近的人们常说：在暴风雪之夜，当森林中狂风大作、漫天飞雪时，曾路过一只速度惊人、眼里冒着怒火的大白驯鹿。它拉着一辆白色的雪橇，里面有个白衣可怜虫发出凄惨的尖叫声。在白驯鹿头上的鹿角旁，还坐着一个穿着棕色衣服、长着白色胡须的矮精灵，它在向白驯鹿鞠躬，还乐呵呵地唱着歌谣《挪威的好运》和《一只白驯鹿》。

有人说，这是同一首歌，就是过去的某一天，在斯威格姆的尤特鲁河坝旁唱的那首具有预言性质的歌谣，那时白桦树穿上了春天的外衣，一只慈眉善目领头的大母鹿瓦尔独自走来了，离开时身边带着一只小白鹿，走得很慢，显得异常端庄。

灵犀一点

野心家没有得逞，他对待驯鹿的态度太粗暴，致使驯鹿最终选择了与他同归于尽。当我们与他人或动物相处时，只要他们是有灵性的生命，我们就应该给予对方充分的尊重，平等相处。

荒地警棍

第一章　午夜狼嗥

狼的叫声有三种含义，你知道吗？

狼在捕食时，通常会发出三种叫声。第一种是长长的低吼声，表示它发现了猎物，但猎物太强壮，自己对付不了，所以召集伙伴过来帮忙；第二种是响亮而有力的高声嗥叫，这意味着狼群在激烈地追赶猎物；第三种是尖厉的嗥叫并伴随着短促的低吼，这表示猎物进入囊中，是包围猎物时发出的叫声。三种叫声，包含了狼群捕猎的全过程。

有一天下午，我和捕狼人金·瑞德带着各自的猎犬，骑马攀爬崎岖的山岗。猎犬们有的在后面小跑，有的和我们并肩同行。太阳已经落山，地面上一条条血迹触目惊心，这表明大黑狼哨兵死亡的地方就在圣地尼尔山岗附近。

山的四周已经昏暗，峡谷里一片漆黑。这时，黑暗中传出一声悠扬的嗥叫声，所有人都听出了这声音的意义——这声音尽管并不尖厉，但是仍叫人听得后背发凉。

静静地听了一会儿，捕狼人打破了沉默："那是荒地警棍比尔，我敢肯定。今晚为了能吃上牛肉，它出来捕猎了。"

灵犀一点

有经验的猎人，可以根据狼的叫声判断出对方所处的状态。世间每一种声音，都是一种表达，只有经验丰富的内行，才能听懂。

第二章　远古时代

狼喜欢吃牛，不管野牛还是家养的牛，这引起牧民的极大愤慨。于是，便有了捕狼人这个职业。

早在远古时期，狼群就有集体捕猎野牛群的习惯，它们喜欢捕食那些老弱病残的野牛，因为这会让它们省不少力。后来，野牛几乎灭绝了，狼就很难再吃到牛肉了。自从牧民来到这里，便把家畜之一——牛带到这里，狼便开始打它们的主意。家牛随即取代从前的野牛，成为狼的食物，这便引起了人类与狼之间的战争。

鉴于狼对家畜的危害，大牧场的人们为了消灭它们，不惜出高价雇人来捕杀狼。那些没有工作的牛仔便成了猎人。人们给他们配上捕狼器和毒药，让他们去捕狼。还有一些猎人，是因为擅长捕狼技术，也把这当成自己的专职工作，他们被统称为捕狼人。

金·瑞德就捕狼人之一，他性情温和，沉默寡言，长着一双敏锐的眼睛。这双敏锐的眼睛，能发现别人不能发现的隐藏物，为他捕捉野马、狼和熊增添了特殊能力。在对付狼和熊时，他的这种特殊能力不但能猜测出狼和熊的所在之地，还能判断出如何才能更好地把它们捉住。

金·瑞德干捕狼这一行已经很多年了。他说："在我的捕猎生涯中，从来没被大灰狼伤害过。"闻听此言，我吃惊又佩服。

那天夜里，别人都已入睡，我和金·瑞德还坐在帐篷外的火堆旁聊天。听他讲起荒地警棍比尔的故事，我问他："你见过比尔吗？"金·瑞德说："我见过它六次，这个星期天如果能看到它，那就是第七次了。没错，那家伙已经偷懒很长时间了。"

就在今夜，风声、野狼的狂叫声此起彼伏，在这个荒地警棍比尔经常出没的地方，我听到了一些关于它的故事。这期间，故事的主人公——荒地警棍比尔那低沉的嗥叫声，还不时地打断金·瑞德的讲述。

我一边听，一边结合从其他渠道获得的有关这只野狼的信息，写成了这个关于圣地尼尔山岗上的一只大黑狼的故事。

灵犀一点

“我”根据听来的信息和自己的亲身经历写成了这个故事。作文都是来源于生活，又高于生活的提炼与总结。

第三章　养育之恩

除了梅恩，小黑狼全家都被猎人打死了，它是如何生存下来的呢？

1892 年春天，一个捕狼人来到圣地尼尔山东侧捕狼。圣地尼尔山一直是老平原区居民非常重要的猎取食物的地区，当地人除了在此放牧，还在这里捕猎。在 5 月，尽管动物的皮毛质量不是最好的，但价格很高，一张皮可卖 5 美元；如果是母狼，价格还要翻倍。

一天早上，这个猎狼人沿着小溪向下走去，突然，他看到一只狼在对岸饮水，于是不假思索就开枪将狼打死了。后来，他才发现这是一只带崽的母狼。显然，这只母狼的家庭成员应该就在附近。

捕狼人花了两三天的时间，在附近所有可能发现母狼家庭成员的地方四处搜寻，却一无所获。两周后，在附近的一个峡谷里，这个捕狼人看见有只狼从一个洞穴里钻了出来。他举起早已准备好的猎枪，又一张价值 10 美元的母狼皮到手了。

捕狼人挖开刚才猎物钻出来的洞穴，发现里面有一窝狼崽。令人惊奇的是，一般一窝狼崽只有五六只，但这窝狼崽却有 11 只。更让捕狼人奇怪的是，这 11 只狼崽大小不一，其中的 5 只比另外的 6 只体形要大一些，年龄也要大一些。显然它们是来自两个家庭的成员，由一个狼妈妈抚养的。

捕狼人把狼崽皮挂到满是战利品的绳子上时，才恍然大悟：那 6 只大小一样的狼崽，一定是两周前他杀死的那只母狼的孩子。事实应该是，小狼崽等着妈妈回家，但是妈妈再也回不去了。狼崽越来越饿，哀号声越来越凄惨，叫声被另一只母狼听到后，这只母狼便把它们带回了家。因为这只母狼也刚刚生下狼崽，十分同情这些失去了妈妈的狼崽，就担负起抚育这些狼崽的责任。然而，捕狼人的枪声让这个感人的故事结束了。

很多捕狼人曾掘开过狼的洞穴，多数时候总是一无所获，这是因为老狼或小狼经常会在洞穴里挖一些小的洞穴和地道，当敌人来时就会躲到里面。松散的泥土隐藏了小洞，因此狼崽就能顺利地逃跑。

当捕狼人带着捕获的狼皮离开时，他并不知道有只最大的狼崽仍然躲藏在洞中。事实上，即便是捕狼人再等两个小时，还是未必能抓住那只最大的狼崽。因为只要有人在旁边，它是不会出来的。

3 个小时之后，太阳落山了。小洞里传来轻微的扒土声，在洞穴另一侧柔软的土堆里，两只灰色的小爪子首先露了出来，然后是黑色的小鼻子，最后，小狼从它藏身的地方爬了出来。它被这里发生的袭击吓得心惊胆战，非常无助。

洞口大开着，里面躺满了尸体。狼崽闻了闻这些尸体，意识到这些都是它的兄弟姐妹，感到非常恐惧。它赶紧爬进灌木丛中，因为猫头鹰在它的头顶上发出低沉的叫声。整个晚上，它一动不动地蜷伏在那里，不敢靠近洞穴，也不知道自己能去哪里。

第二天早上，当两只秃鹫扑向它兄弟姐妹的尸体时，小狼逃到了灌木丛里，找了一个最深的隐蔽处，并沿着沟壑来到了一个开阔的山谷。突然，一只母狼出现在山谷的草丛里，它很像狼崽的妈妈，但又不完全像，它不认识这只母狼。当母狼扑到它身边时，这只狼崽已被吓瘫在地上。毫无疑问，狼崽已经成了母狼随时可取的猎物了。

然而，一种气味改变了它的命运。母狼在狼崽身边站了一会儿，狼崽伏在它的脚边。母狼想要杀死它的念头突然消失了，它闻到了一股狼崽的气味，与自己的孩子相似。而且，自己的孩子也跟这只小狼崽一般大，母狼的心顿时变得柔软起来。

狼崽鼓起勇气，用小鼻子去嗅母狼的鼻子时，母狼并没有生气，只是不太热情地低吼了一声。然而狼崽闻到了食物的味道，它已经两天没有吃东西了。

母狼转身准备离开时，狼崽拖着笨拙的小腿，跌跌撞撞地跟在母狼后边。母狼的家离得并不远，狼崽一直跟在后面，不肯放弃。

母狼的洞穴就在附近，它跟着母狼来到洞口。陌生人就是敌人，准备冲上前去防备的母狼发现还是这只狼崽，狼崽的气味又让母狼有了反应，母狼放弃了防备。

狼崽虽然表现得很温顺，但是它的鼻子却嗅到了食物的味道，更是不肯离开。母狼走进洞里，圈起它的孩子，狼崽也跟着进了洞穴。当狼崽要靠近母狼的孩子时，母狼冲着它嗥叫起来。然而狼崽却显得非常温顺，和洞里的狼宝宝一样，它还是个吃奶的娃娃呢。

母狼顿时平息了愤怒。现在，狼崽和母狼的孩子们待在一起，吃着母狼的母乳，很快融入这个家庭中。

小狼和洞里的狼崽们相处得非常融洽，以至于母狼都忘了它是个外来的家伙。但是，这只小狼跟那些狼宝宝长得不太一样：它比它们大两个星期，身体更强壮一些，脖子和肩膀上都长着斑点，原来它是一只黑色的长鬃狼。

这只狼崽叫梅恩。如果不是有了养母，它后来就不会那么快乐。因为黄狼——也就是它的养母，不仅是一个十分聪明的好猎手，而且还是一只具有“现代意识”的狼。它会搜寻土拨鼠，会追捕羚羊和野马，会巧妙地攻击牛群，这些古老的捕猎技巧，一部分出自狼的本能，另一部分源于它和那些有经验的亲戚们在冬天集体行动时所积累的经验。而且现在母狼还知道，一些人正带着它们无法抵挡的猎枪在四处捕杀它们，而它们唯一避免受伤的方法，就是当太阳出来后，远离捕狼人的视线，只要到了夜晚，它们就不会受到伤害了。

除此之外，母狼还能轻易识破陷阱。有一次，它曾掉进陷阱里，后来在逃离时失去了一个脚趾头，但是这次事件让它增长了见识。此后，它对陷阱充满了恐惧，认定凡是铁制物品都是危险的，无论如何都要避开它。

有一次，母狼和另外 5 只狼打算去偷袭羊群，可是最后时刻母狼却退缩了，因为它看到羊圈前新装了金属线，其他狼冲了进去，结果不但没有捕到羊，反而掉进了死亡陷阱里。

从此，母狼学会了如何避免新的危险。它对不太清楚的陌生东西，都会产生戒备，即使那些已经证明了是很安全的东西，它也会小心谨慎。所以，每年它都能成功地把狼崽抚养长大，导致这里的黄狼数量越来越多。枪、陷阱、人类以及其他一些陌生的动物，母狼都打过交道了。可是有一件事情让它念念不忘，因为这是件非常可怕的事情。

梅恩的兄弟们有一个月大了，有一天，它的养母回来，看起来非常奇怪。只见它口吐白沫，双腿颤抖，在洞口不远处不停地抽搐着。过了很久，它才恢复正常，像往常一样走进洞来。当它舔自己的孩子时，下颚不停地颤抖着，牙齿咯咯作响。它咬住自己的前腿，以防自己咬伤孩子们。最后，它终于慢慢平静下来了。

先前由于害怕，狼崽们都躲到远处的小洞里去了，现在它们又都回来围着母狼，像往常一样要东西吃。

母狼连续病了两三天，才逐渐恢复健康。在母狼生病的那些天，它含有毒素的乳汁给狼崽们带来了巨大的灾难。它们病得十分厉害，最后，只有最强壮的狼崽活了下来。

这场疾病结束后，整个洞穴只剩下母狼和黑狼崽了，而这只黑狼崽就是母狼收养的名叫梅恩的狼崽。就这样，梅恩成为母狼唯一的孩子。母狼尽心尽力地抚养它，照顾它，这只小狼崽很快就成长起来了。

狼学东西很快，对气味的反应特别灵敏。经过这场灾难之后，无论是母狼还是梅恩都有了经验，尤其是对马钱子这种有毒的植物，只要闻到这种气味，它们就立刻充满了恐惧和憎恨。

灵犀一点

母狼会通过气味辨别敌友，失去母亲的狼崽被路过的母狼收养，并成为母狼唯一的孩子。野生动物在成长过程中，要想健康成长，必须学会躲避危险。

第四章　成长训练

成长过程中，狼要学会很多技能，具体有哪些呢？

在母狼的精心抚养下，小狼梅恩成长得很快。秋天到了，它已经长得和母狼一样高了，并开始跟着母狼去捕食了。

此时，它们不得不搬到别的地方住，因为很多小狼都长大了。圣地尼尔山是平原中最偏僻的地方，被岩石覆盖着，那儿被许多体魄强健、性情凶狠的狼占据了。弱势的狼不得不搬出去，母狼和梅恩被迫搬走了。

狼没有像人类那样的语言，它们的词汇也许仅限于一些表达最简单情感的嗥叫、咆哮和低吼声。但它们却有很多方法来传达信息，其中一种很特别的方法是狼的“电话机”。在它们的领域里分布着很多可识别的“电话分机”，有的是石头，有的是交叉的小路，有的是一块野牛的头骨，只要是靠近主干道的任何一个显眼的东西都可以被当成参照物。

一只狼在此处嗥叫，就像人打电话传递信息一样，它们依靠自己留下的气味来传递信息，而附近其他狼有没有留下气味，它们一嗅便知。狼还能知道它们从哪儿来，到哪儿去，而且还有一些它们的其他信息，比如是不是被捕了，是不是饿了，是不是能填饱肚子，是不是病了等。通过这种传递方式，狼可以知道什么地方能找到自己的伙伴，哪里可以找到它的敌人。

梅恩一路跟随着母狼，学了很多有用的知识，知道如何利用地理位置和有标记的信息来帮助自己脱离危险。除

了它与生俱来的本能，母狼的示范显得尤其重要，就像人类父母教育孩子怎样增长知识所付出的努力一样。梅恩很快学会了狼的生存技巧：

它知道，与狗搏斗的办法就是跑，在奔跑中战斗，绝不能扭打在一起，只能不停地撕咬，并且尽力将狗引入坎坷不平的地方。这样，狗就无法将它们的主人带来帮忙。

它知道，在寻找猎物时不要去招惹那些跟随的小狼。你不去惹它，它也不会伤害你。

它知道，千万不要去追地面上停留的鸟，那是浪费时间。

它知道，对那些长着浓密的尾巴、黑白花色的动物必须保持一定的距离，因为这种动物的肉既不好吃，又有股难闻的气味。

还有有毒植物。梅恩永远也不会忘记那天在洞里，它的兄弟姐妹被有毒植物害死的那种气味。

它知道，袭击羊群的时候，要先分散它们。因为一只独羊会迷失方向，更容易捕获。这样的方法同样也适用于袭击牛群，捕杀一只小牛。

它还知道，必须从后面袭击牛，从正面袭击羊，从侧面袭击马，千万不要袭击人类，甚至要躲避人类。不过，在它学到的诸多方法中，更为重要的还是母狼教给它的获取敌人秘密的方法。

灵犀一点

小狼跟着母狼学会了许多生存技能。在动物界，要想让自己出色，除了掌握基本的捕食技能，还应该学会趋利避害的能力。

第五章　致命陷阱

一天夜里，母狼带着小狼出来觅食，发现一只死去的小牛，它们是怎么做的呢？

一只小牛死后，它的肉最鲜美的时候，是放置两周后，不太嫩也不太老，肉香四溢，这是狼族的普遍看法。有一天，母狼和梅恩出来寻找晚餐时，正不知道往哪里去，这时飘来了一股小牛的香味，它们赶紧循着香味跑了过去。

在一片开阔的地面上，躺着一头死去的小牛，月光下那头小牛的尸体清晰可见。一只野狗正慢慢地靠近小牛的尸体，也许这是一只老狼干的。但是长期的追捕使母狼保持着高度的警惕，除了它的鼻子，它不会轻易相信任何东西。

母狼放慢速度，走到一个便于观察的地方停了下来，它仔细嗅着风传来的香味，认真地辨别着。最终，鼻子做出了可靠的报告。首先是鲜嫩的牛肉味，占70%；草、虫子、木头、花、树木、沙土以及其他气味的东西，占15%；梅恩和自己的气味，可以忽略不计，占10%；人类足迹的气味，占2%；烟草的气味，占1%；浸过汗的皮革气味，占1%；人体的气味，占0.5%，还有铁的气味，足迹的气味，等等。

母狼蜷伏着身体，用灵敏的鼻子努力去闻，年轻的黑狼梅恩也模仿着母狼的样子，使劲去嗅。母狼最终决定远离小牛的尸体，可是梅恩仍站在原地不动。母狼发出一声低吼表示警告，梅恩才不情愿地跟着走了。母狼绕着诱人的尸体向前走，一种新的气味——野狗的气味出现了。

是的，这些野狗正沿着附近的山脊行走。现在，母狼走到了另一边，气味变了，风中丝毫没有了死牛的气味，取而代之的是无趣的、混杂着各种气味的味道。人类的气味还是和之前一样，皮草的气味没有了，然而铁的气味却增加到1.5%，人类身体的气味也增加到了2%。

母狼警觉起来，它那强壮的身躯站立着，露出有些害怕的神色，它微微耸起毛，把警告传递给梅恩。母狼继续绕着圈行走，在一处高地上，人类的气味更加浓了，就在它往下走时，这种气味又很快消失了。然后，又飘来夹杂着野狗和各种鸟的气味，还有小牛的气味。

当它迎着风绕过小圈走近这诱人的美食时，它的疑虑暂时打消了，它甚至直接向前走了几步。这时，皮革的气味又浓了起来。烟草和皮革混合的气味像拧成一股绳，母狼把所有的注意力都放在这些气味上了，继续向前走，在距离小牛只有两步远时，地上一些皮革的碎屑告诉它，这里曾经有人来过。小牛近在咫尺，此时，铁和烟草的气味混合着牛肉的气味，就像一条蛇穿行在牛群中一样。

由于美食的诱惑和年轻不耐烦的个性，梅恩忍不住挨着母狼的肩膀，跑过去要急于饱餐一顿，但母狼咬住它的脖子把它拽了回来。这时，一块石头被母狼踩翻了，石头往前滚动，发出一声特殊的叮当声，停了下来。

这时，危险的气味大大增加了，于是母狼悄悄地从小牛的身边退了回来，后面跟着极不情愿离开的梅恩。

梅恩恋恋不舍地回头看着小牛，它看见几只野狼离小牛更近了。那些野狗小心翼翼地躲着母狼，谨慎地向小牛靠去。与母狼走路的方式比起来，这些野狗简直就是没有章法的乱跑。

空气中不断地弥漫着牛肉的香味，让狼无法抗拒。小野狼们正在撕咬着牛肉，这时，黑暗中传来一阵尖厉的声音和野狗的惨叫声，瞬间，枪声打破了夜的宁静。人类的一阵猛烈射击，野狗们四散奔逃，其中一只被打死，另一只在猎狼者设置的陷阱里拼死挣扎。空气里弥漫着死亡的气息，可怕极了。

母狼悄悄地溜到山谷里，带着它的孩子飞快地离开了这里。就在它们离开的同时，它们看见一个人从河岸那边跑了过来，而恰恰就是在河岸那边，母狼的鼻子闻到了这个人的气味，并及时向它的孩子发出了警告。它们看见他打死了被困在陷阱里的野狗，并把陷阱重新布置好。

灵犀一点

人们利用死去的小牛诱杀狼和野狗，这说明天上不会无缘无故掉馅饼。当眼前有块馅饼时，背后往往有个陷阱在等着你。所以，喜欢贪图小便宜的人，往往会吃大亏。

第六章　狼的失误

经验丰富的母狼也会有失误，它的失误是什么呢？

生活是一场艰难的游戏，虽然我们可能会有成百上千次的成功，但一次失足，我们便可能满盘皆输。母狼在一生之中逃过了无数陷阱，并把经验传授给了很多幼狼，教会它们躲避陷阱。在所有的危险中，它最了解的就是陷阱了。

转眼到了 10 月，小狼梅恩已经长大了，比母狼还高出一头。猎狼人曾见过它们一次，一只黄狼身后跟着一只黑狼。黑狼长着笨拙的长腿、柔软的大脚、细脖子和短尾巴，这些都表明它是当年出生的幼狼。从它们留下的脚印可以辨别出，母狼失去了右脚的前脚趾，而黑狼的体形非常高大。

捕狼人一心想捕杀幼狼来赚钱，可是他们却屡屡失败，只捕到一些野狗，没有捕捉到狼。10 月是捕猎季节的开始，这个月里动物的皮毛质量最好，也最好卖。年轻的捕猎手经常将诱饵放在捕狼器上，而老练的猎手则不会这样做。一个好猎手会把诱饵放在离捕狼器一米到三米远的地方，因为狼很可能会绕着圈，从这个范围内经过。

一个非常有效的办法就是围绕一片空旷的地方设置 4 个捕狼器，在中间撒一些碎肉。通过烟熏来掩盖猎人的手和铁留下的味道，这样捕狼器就能隐蔽起来。有时甚至不用诱饵，只需用一小团棉花或是一小撮羽毛就能吸引狼的注意，激起它们的好奇心，引诱它们走进早已布置好的致命陷阱中。

经验丰富的猎手会不断地改变方法，这样狼就不能轻易看穿他布下的陷阱。所以狼要保护自己，唯一的方法就是永远都保持警惕，一旦闻到人类的气味时，就不能掉以轻心。捕狼人带了一套最好的钢制捕狼器，在三角叶杨林开始了捕猎工作。

一只老水牛领着一只小牛，跨过河流，翻山越岭要到平坦的高地上去，这是许多动物，譬如牛、鹿、狼、狐狸等经常走过的主要通道。不远处有一个三角叶杨树桩，浸在满是碎石的小溪里，树桩上有狼的印痕，这些印痕对捕

狼人非常有用。

这儿是安置捕狼器的绝佳地点，它不是主干道，很多野牛都从这儿经过。在距此 60 米远的一块 40 多平方米的平坦沙地内，捕狼人安放了 4 个捕狼器，并在每个捕狼器旁边撒上两三块碎肉，又在中间的草地上插上三四片白羽毛，便完成了陷阱的布置。人路过的足迹被太阳、风和飞沙掩盖了。这样，人的眼睛和几乎所有动物的嗅觉都不能发现隐藏在沙地里的危险。

天气很热的时候，牛群要到河里喝水。它们像以前的野牛那样行走，一路排列成行。小鸟在前面开路，牧场狗也跑在前面，它们一贯如此。

牛群从布满灰绿色岩石的山丘上下来，一直往前走，直到河岸边。一些喜欢嬉戏的小牛一路不停地打闹，当它们来到河滩时，反而变得安静起来。路过陷阱时，领队的老母牛满怀疑虑地嗅着，不过陷阱离它们还很远，要不然它们有可能会碰到那些铁器。

老母牛领着牛群来到了河边，吃饱喝足后，它们便躺在河岸边睡觉，一直睡到傍晚肚子饥饿时才醒来。醒来后，它们就都朝着相反的方向走去，那里生长着最茂密的牧草。

一两只小鸟正在啄食地上的碎肉，苍蝇在四周飞来飞去，在夕阳照耀下，地上的陷阱还没有被碰过。

当太阳升起时，一只棕色的湿地鹰从河面上掠过。小山鸟们赶紧冲进灌木丛，面对湿地鹰笨拙的袭击，小山鸟们总能轻易地躲开。对湿地鹰来说，现在捉老鼠还太早了。当掠过地面时，湿地鹰那敏锐的眼睛发现了陷阱旁边飞舞的羽毛，然后改变了飞行方向。当它接近毫无价值的羽毛时，发现地面上有几块碎肉，毫无防备地就降落下去啄食。当它吃到第二块肉时，只听“咣当”一声，尘土飞扬，捕狼器狠狠地夹住了它的脚趾，无论它怎样挣扎，都无法逃脱。

湿地鹰没有受到太大的伤害，它不时扇动着大翅膀，试图挣扎出来，但就像麻雀落入了捕鼠器上一样，这样的挣扎丝毫不起作用。

此时太阳的光芒变得更加强烈，湿地鹰不断哀号着，在耀眼的阳光下慢慢等待死神的到来。

此时，在这高高的山丘上响起了一声低沉、浑厚的叫声，紧接着又响起了另一声叫声，这声音很短促，也没有重复，是出于本能而非传递的叫声。第一个声音是普通狼发出的集合嗥叫声，而第二个声音——也就是回应的声音，是一只大公狼发出的。它们不是夫妻，而是母亲和儿子的关系，即母狼和梅恩。它们一路追逐着水牛的足迹，正在顺着河流搜寻。它们先是在山上的“电话亭”旁边停了一下，而后又在一棵老三角叶杨树下驻足四望，恰好看到了陷阱中拍打着翅膀的湿地鹰。

母狼转身向躺在地上受伤的湿地鹰奔去，太阳和沙子已经掩盖了一切可以警示它的痕迹。母狼毫不犹豫地扑向

湿地鹰，一口咬住它的喉咙，结束了它的生命。这时，却响起了另一个可怕的声音——它的牙碰到捕狼器发出的声音，这个声音告诉它这是一个陷阱。母狼马上放下湿地鹰，想逃离这个陷阱区，可是却踏进了第二个陷阱里——它的脚被致命的捕狼器狠狠地夹住了，它拼命想挣脱出去，但是前腿却伸进了另一个隐蔽的陷阱里。从来没有捕狼人像这样巧妙地设置过陷阱，母狼也从没有像现在这么鲁莽过。

母狼既恐惧又愤怒，它不停地挣扎着，颤抖着，撕咬着铁夹子，咆哮着。如果只是一个陷阱，它还有可能挣脱出去。现在被两个陷阱控制，母狼陷入了绝望的境地。它越是挣扎，无情的捕狼器越是深深地陷入它的肉里。它发狂地仰天嗥叫，撕碎了那只死鹰，大声地咆哮，发疯似的撕咬着捕狼器，撕咬着自己的身体，撕咬被套住的腿，疯狂地咬自己的侧腹，咬断了尾巴，直到浑身沾满了血和泥沙。它不停地挣扎，最后累倒了，翻滚着，像死了似的躺在地上。等到有了充足的力气，它又站起来，继续用牙齿撕咬铁夹子。这一夜就这样过去了。

梅恩呢？它在哪儿呢？

看到母狼的样子，梅恩仿佛回到了上次母狼中毒回家时的那种感觉中，只是这次它更害怕了，母狼好像充满了

无休止的仇恨。梅恩与母狼始终保持着距离，在一旁哀号。在母狼躺在地上安静下来时，梅恩会悄悄来到母狼身边；在母狼往外冲，向它发狂，又咬捕狼器时，它又退了下去。它不知道这是怎么回事，但是却完全明白母狼已处于困境之中。这种情形，似乎和那天晚上它们冒险去猎取小牛的尸体遭遇到的恐惧是一样的。

整夜，梅恩都是这样，害怕靠近母狼，不知所措，像它的母亲一样绝望无助。

第二天清晨，一个牧羊人起来寻找丢失的羊，他在对面山上发现了母狼，急忙用镜子给营地里的捕狼人发出了信号。梅恩发现了这个新的危险，它虽然长得高大，但没有对付猎人的经验，便独自逃走了。

捕狼人很快骑着马赶了过来。陷阱里的母狼显得十分悲伤，它浑身是血，已体无完肤。捕狼人举起了手中的猎枪，母狼随即停止了挣扎。

捕狼人仔细辨认着地上的足印和痕迹，记起以前曾经见过这些印迹，他判断出这只带着大个子小狼的母狼就是圣地尼尔山上的那只母狼。

听到枪声后，梅恩立即躲藏了起来。它不知道究竟发生了什么事，但是它再也无法见到它那慈祥的母亲了。从此以后，它开始独自面对这个世界。

灵犀一点

一次大意，便让母狼丢了性命。有时粗心就是致命的缺点。我们在学习中，要克服粗心的缺点，发扬工匠精神。

第七章　众望所归

养母死后，梅恩是怎么变成“荒地警棍”比尔的呢？

毫无疑问，本能是狼最初、最好的向导。在生活中，聪明的父母往往能教出聪明的孩子。梅恩的养母非常优秀，梅恩承袭了养母的聪明才智。它的鼻子非常灵敏，对于鼻子发出的警告，它完全信任。人类很难认识到鼻子的能力，我们人类用眼睛阅读、获取信息，而狼则是靠鼻子去嗅而获取更多信息。它可以不受地点限制，获得数小时之内从某处经过的动物的详细信息。它的鼻子还可以判断出这只动物要走哪条路，不管它们从哪里来，或是到哪里去，它的鼻子都能提供一些信息。

这种能力使梅恩在狼群中出类拔萃。此外，它还有异常健壮的体魄和极强的忍耐力。对于陌生的东西，它始终保持着高度警惕，人类可能把这种警惕称为胆怯、谨慎或怀疑，但对狼来说，这比聪明才智更重要。谨慎的态度和健壮的体魄是梅恩一生获得成功的主要因素。

在狼的世界里，胜者为王，梅恩和它的养母已经被赶出圣地尼尔山了。但是圣地尼尔山的确是赏心悦目的好地方，养母死后，梅恩决定回到圣地尼尔山上。在那里，有一两只凶狠残忍的大狼不让它回来。它们把梅恩赶走了好几次，但是梅恩每次回来，都会以更好的方式对待它们。

就在梅恩一岁半的时候，它打败了所有敌人，在圣地尼尔山上站稳了脚跟，树立了威望。在这里，梅恩就像一个贵族，在富饶的领地上征收贡品，在坚固的岩石下拥有了安全的住所。

捕狼人金·瑞德经常在那片区域打猎。不久之后，他发现了一个 10 厘米左右的脚印，这是一只大狼的脚印。他粗略地估算了一下，这只狼的脚，能承受 60 多公斤的体重，这是到目前为止他所见过的最大的狼。

金·瑞德已经住进了附近的高特村，他大声说：“我敢打赌，这只狼像一只老警棍!”于是，梅恩作为“荒地警棍比尔”的传言，便在人群中传开了。金·瑞德对狼呼唤集合的叫声非常熟悉，那种声音悠长而平稳。但是荒地警棍比尔的叫声却比较特殊，它的声音有点含糊不清，与众不同。金·瑞德以前在棉木峡谷听到过这样的叫声，当时他还看见了那只长着黑色鬃毛的大野狼，令他震惊的是，这只狼竟然是他捕获的那只母狼的养子。

这些都是我们晚上坐在火堆旁边时金·瑞德告诉我的。我知道早些时候任何人都可以用陷阱或毒药捕获狼，但是这样的日子已经过去了，头脑简单的狼也不存在了。新一代的狼族用新的诡计来对付农场主，而且诡计越来越多。

金·瑞德还给我讲述了潘罗夫和他的各种猎犬所创造的种种奇迹，他告诉我猎狐犬太单薄，不适合战斗；当猎物不在视野范围内时，连灰猎狗也没用；丹麦狗体重太大，不适合在崎岖的山路上奔跑；最后，还有由各种狗组成的队伍，有时候包括公狗，由它来领导作战。他说追捕野狗通常会获得成功，因为野狗一般在平原地区出没，很容易被灰猎狗捉住。他还讲到，用狗群捕杀一些小的灰狼，经常会牺牲狗群的领导者。但他绝佳的本领是利用山羊来引诱圣地尼尔山上的黑狼，并且运用多种手段，把黑狼累得筋疲力尽，或把它逼得走投无路，这套捕猎方法从未落空。至于那只大狼，由于耐力十分惊人，一直以来它都以潘罗夫的家禽为食，而且每年它都会教许多狼如何避开危险。

我认真地听着金·瑞德的讲述，就像淘金者在聆听挖宝藏的故事一样，因为这些都是发生在我周围的事情。这些事确实是我们考虑得最多的事情，因为潘罗夫的狗群现在就趴在我们的营火周围，我们出来的目的就是为了寻找荒地警棍比尔。

灵犀一点

黑狼梅恩最终成为狼群的首领，这是因为它身体强壮，且具有优于其他野狼的智慧与力量。

第八章　大脚野狼

为了捕到梅恩，人们动用了牧场所有能捕猎的狗，结果如何？

9 月末的一个晚上，当最后一缕阳光从西边消失后，野狗们就开始此起彼伏地叫了起来。这时，远处突然传来一个低沉而含糊的叫声。金·瑞德拔出枪，转过头来说：“没错，就是它——是老警棍比尔。它一整天都在高处观望着我们，现在天黑了，枪没有用了，它出来和我们开玩笑了。”

这时，两三只狗站了起来，竖起毛发，它们清楚地知道这不是野狗。它们冲进夜色里，没走多远，前方就传来嗥叫声，很快，这些狗跑回火堆旁。一只狗的肩膀被咬成了重伤，再也不能捕猎了；另一只狗伤到了腰，看起来似乎伤得不重，可是，第二天早上这只狗就死了。

人们非常愤怒，发誓要为猎狗报仇。凌晨时，复仇的队伍循着狼的踪迹出发了。野狗们不断地吼叫着，可是当阳光越来越强烈时，它们很快就消失在群山之中了。猎人们四处寻找大狼的脚印，希望猎犬能沿着足迹找到狼，但是它们却一无所获。

猎犬们发现了一只野狗，并很快杀死了它。我觉得这也是一种胜利，因为野狗常常咬死牛犊和绵羊。我想，猎犬对付一只小野狗是如此勇猛，为何昨天晚上它们却不敢面对那只大狼呢？

潘罗夫回答说："我认为昨晚老警棍比尔不是独自前来，而是召集了一群狼。"

"难道你没有看出，这里只有一种脚印吗？"金·瑞德不屑地说。

一晃10月过去了。我们整日跟在猎狗身后，追踪着可疑的足迹，那些狗既不能追踪那些大脚印，也不敢那样做。我们不止一次得到了狼做坏事的消息，有时是牛仔告诉我们的，有时是我们亲眼见到了牲畜的尸体。其中，有些牲畜是误食我们的毒药被毒死的，大家都认为，在狗出现的地方放置毒药是很危险的。

到了月末，我们已是人困马乏，有些猎犬不仅伤了

脚，而且数量也由10只减少到7只。而我们的收获只是一只灰狼和三只山狗。荒地警棍比尔却至少杀死了我们的12只牛和狗，每只都值50美元。

于是，有些人决定放弃，准备回家。金·瑞德托他们带回一封信，让农场进行援助，将农场所有剩下的狗全派出来支援我们。

我们等了两天。在这两天时间里，马匹得到了休整，我们还组织了几次射击比赛，为即将到来的更加艰难的捕猎做好准备。

第二天深夜，新的一批狗送到了，它们是8只漂亮的猎狗。这样，能够捕猎的狗一共有15只了。天气变得凉爽起来，次日清晨，捕狼者们高兴地发现，地上白茫茫一片，覆盖了一层雪，这样的情形对捕猎者是有利的。

凉爽的天气更适合狗和马奔跑，狼却不会跑得更远。夜里我们听到过它的叫声，雪地上留下了它的足迹，我们循着它的踪迹，就可以找到它。

天刚亮，我们就起床了。正准备离开，三个人骑着马来到了我们的营地，原来是潘罗夫一家的小伙子们又回来了。天气的变化让他们改变了主意，他们知道大雪可能会给我们带来好运。

大家正准备上马时，金·瑞德说："现在，请大家记住，我们这次行动，只要捉住荒地警棍比尔就行了。只有捉住它，我们这个集体才能解散。记住，这只狼的脚印很大。"

我们浩浩荡荡地出发了，不到一小时的时间，我们就收到一个捕狼人发出的信号：放一枪，然后停下来，数10个数，表示"注意了"；接着又连续放两枪，意思是"快过来"。金·瑞德集合了狗，骑着马径直朝山上的目标奔去。大家满怀着信心，心情格外激动。

我们首先发现了一些小狼的脚印，最后才看到一个大脚印，将近15厘米那么长。潘罗夫一边高声呼喊，一边在前面飞奔，就像是在捕猎一只狮子，又像是找到了期待已久的快乐。捕狼人知道，新鲜的脚印是最近留下的，他们希望通过脚印，捕获一只狡猾的动物。这只动物他一直都在追捕，但总是一无所获。当金·瑞德看着这些脚印时，眼里闪烁着喜悦的光芒。

灵犀一点

一件事要想成功，必须具备做好这件事的基本条件，全身心地投入，才有胜算的可能。

第九章 追捕之下

猎人全力追赶狼群，终于发现了大黑狼的踪迹，最终猎人捉到它了吗?

这是所有骑行中最艰难的一次。围猎的时间比我们想象得要长得多，而且还有一些小小的插曲，因为那无止境的路线只是昨天晚上大狼留下的短暂记录。

在这里，大狼曾围绕着“电话亭”寻找消息；它在那边停下来检查了一块老骨头；这里它要避开，谨慎地迎着风去查看一些东西，结果却发现只是一个旧锡杯子；最后，它爬上一座低矮的山丘，在那里坐下来，发出嗥叫声召集其他狼，因为曾有两只狼从不同方向向它那里走来，然后它们一起下山，向河滩走去，暴风雪中那里可能有牛正在寻找避难所。它们在河滩处分享了一块牛骨头，然后又排成队向那里跑去。很快，它们又分开了，朝三个不同的方向走去。然后，在这里又相遇了。那是什么？一头健壮的死母牛被剖开肚子，但是没有被完全吃掉。母牛肉好像不太合它们的胃口。在前面不到一公里的地方，它们又杀死了一头牛。

5 个多小时之前，它们在这里享受过一顿美餐。然后从这里，它们的脚印又分开了。但是不远处，雪上的痕迹明白地告诉我们，每一只狼是如何躺下睡觉的。当猎犬嗅过那些地方后，它们的毛发都竖起来了。

金·瑞德已经把狗群牢牢地控制在手里，但是它们还是显得非常激动。我们来到一座小山上，但狼在上面掉头，飞快地逃跑了。很显然，从脚印可以看出，这些狼从那座山上看到了我们，所以逃跑了。

猎狗们都聚集在一起了，我们以最快的速度前进。我们骑着马，紧紧地跟在猎狗们后面，一会儿上高山，一会儿又下深谷，这可能是我们走过的最崎岖的道路了。一个沟壑连着一个沟壑，走了一小时又一小时，但是前面仍然有很长的一段路程。

一小时之后，还是没有变化，我们只有不停地攀登，穿过树林，越过山坡，小心翼翼地行走，顺着狗叫声摸索着前进。我们不断追踪，来到了山谷下面的一条小河的下游，这里几乎没有雪。我们一会儿向下跳跃，一会儿又向上攀登，不顾一切越过危险的沟壑和光滑的岩石，我们都觉得快要坚持不住了。

当追到最低处，也是最干涸的地方时，猎狗们立刻分散开来，有些向上跑，有些向下蹿，还有的一直向前奔。金·瑞德多么沮丧啊！他立刻就明白了这意味着什么：这些狼已经分开行动了，所以导致狗群分散追赶。三只狗追一只狼根本就没有机会获胜，四只狗也杀不了一只狼，两只狗肯定会被狼杀死。

就在大家灰心丧气的时候，我们发现了一个鼓舞人心的信号，那就是狼的足迹显示它们也正在艰难地前进。我们兴奋地拦住那些狗，为它们选定一条路线。这里没有雪，却有无数狗的脚印，我们被难住了。我们现在能做的就是让狗来选择一条路线。

我们又像以前一样出发了，猎狗们跑了起来，而且跑得非常快。“这是一个不好的迹象，”金·瑞德说，“我们无法看清楚狼的脚印了，因为还没等我们看到，狗已经从上面踩过去了。”

追了一公里之后，我们追逐的路线又把我们引向有雪的地方。过了一会儿，我们终于看见狼了。不过我们并没有高兴起来，因为我们追上的是最小的狼。

“果然不出我所料，”潘罗夫吼了起来，“狗对危险的情况非常敏感，我们追了半天，结果只追到一只‘兔子’。”又走了一公里多，小狼钻进了柳树丛里。突然，我们听到它发出咆哮声，接着是持续不断的嗥叫，那是它在向同伴求救。我们还没有赶到那个地方，金·瑞德就看见那些狗都在往后退，四散开了。一分钟后，一只小灰狼和一只黑色的狼从柳树丛的另一端飞跑出来，那只黑色的狼要大得多。

“天哪，要是它不求助，警棍比尔就不会来帮助它。太棒了！”捕狼人惊叫起来。我却开始同情起这只勇敢的狼，它没有只顾自己逃命而抛弃它的朋友。

接下来，我们继续骑马，艰难地追寻，一直来到堆满积雪的高原上。当狗群要再次分散时，我们用尽全力，成功地把它们集合在大脚印出现的路线上。在我看来，大黑狼的脚印已经充满了传奇色彩。这些猎狗们显然想走别的路线，但最终还是被带到了我们选择的路线。

又经过半个小时的艰难行走，我们踏上一片宽阔平坦的草原，我第一次见到了圣地尼尔山上的大黑狼——荒地警棍比尔，它就在我们前面很远的地方。

“你好啊！荒地警棍比尔！”我大声朝它喊去，向它致敬，其他人也跟着喊了起来。

多亏那只小狼，我们终于找到了警棍比尔的行踪。猎狗们一边狂吠着，一边向它冲去。那些马似乎也很兴奋，用力地吸气，更加勇敢地跳了起来。只有那只大黑狼——警棍比尔，依然保持着冷静。我看着它，对它的体形和力量，尤其是它那长长的大嘴进行了一番估量，我就明白了那些狗为什么要选择其他路线了。

警棍比尔低着头，垂着尾巴在雪地里不停地跳跃着。它的舌头伸在外面，很明显它走得很费力。捕狼者们追赶着掏出手枪，尽管狼离他们很远，但他们是来取狼的性命的，而不是来进行体育运动的。

警棍比尔很快又从我们的视线中消失了，躲到一个隐蔽处。现在它去哪儿了呢？是跑到峡谷的上面去了呢，还是躲到峡谷的下面去了呢？是跑向自己的山头藏起来了，还是躲到下面更好的隐蔽之处了？我和金·瑞德都认为它向上去了，我们两人便沿着山脊向西走去，而其他人则向东去了，想看看能不能找到机会，用枪射击。

我们骑着马继续前进，很快就听不到别人的声音了。但是，我们错了——狼已经下山了，我们也没有听到山下传来枪声。

灵犀一点

我们全力追赶，还是让大黑狼逃走了。天外有天，人外有人，强中更有强中手，人不能骄傲自满。

第十章　峭壁激战

猎人们带着15只猎狗追赶梅恩，短兵相接之后，战况如何？

我们重新回到狼消失的地方，仍然没有发现新的线索。只好放慢速度，凭感觉向东走了一公里多路。正在这时，金·瑞德气喘吁吁地说："看那里！"

远处，有个黑点正在前方雪地上移动，我们加快了速度。接着又一个黑点出现了，随后另一个黑点也冒了出来，它们的步伐都非常缓慢。

5分钟后，我们已经靠近过去，发现那些黑点原来是我们的3只灰猎狗。它们正神情沮丧地寻找我们。

正当我们准备赶到下一个山脊时，忽然发现，我们正在寻找和追随的踪迹难以辨清了。

又一个山谷挡住我们的去路。我们骑着马，想找一个地方绕过去，忽然听见树林深处传来一阵猎犬的喧闹声，而且声音越来越大，已经传进山谷之中了。

我们沿着山谷边缘赶了过去，并未看到要找的猎物。狗群出现在山谷较远的一侧，它们没有聚成一群，而是排成长长的一队。

5 分钟后，猎狗们跑到山脊上了。它们的前面，就是那只大黑狼，它正在像以前那样低着头，垂着尾巴，慢慢地跑着。它的四肢已明显出现倦态，可是它的咽喉和颈部却聚集着一股强大的力量。

大黑狼现在的步伐小了许多，而且弹跳也已失去活力。狗群慢慢地向上靠近，但一见到大黑狼，它们的叫声

就又变得软弱无力了，因为它们也累得筋疲力尽了。

灰猎狗看到追逐的目标，扔下我们，飞快地蹿到谷底，又从另一侧爬了上来。我们相信，它们一定可以战胜那只大黑狼。这时我们骑着马，四处寻找可以穿越山谷的路，但始终没有找到。

看着猎狗们正在激烈地追逐，而自己却被它们甩在后面，捕猎人十分着急。金·瑞德按捺不住自己的怒火，骑着马来到了山谷里的狭窄地段，这里道路崎岖，很难骑行。

当我们靠近宽阔平坦的山脉时，听到从南边传来了群狗微弱的叫声。我们朝高山一侧前进，狗的叫声又稍微大了一点。

我们爬上一个小山丘，望着茫茫雪地。这时忽然出现了一个移动的斑点，其他斑点随后出现，这些斑点散乱地排成一队，偶尔发出几声微弱的叫声。它们正朝我们这边跑来，行动非常缓慢。事实上，没有一只狗可以跑过残忍杀死老母牛的杀手，虽然那个杀手也是一瘸一拐地行进。

大黑狼后面跟着一只灰狗，再远点是另一只灰狗，其他狗则缓慢地拖着疲惫的身体，依次跟在后面追赶着。

经过几个小时的艰苦跋涉，那只狼依旧无法摆脱那些猎狗的跟踪。现在，荒地警棍比尔的厄运快要来了，因为它已经累得筋疲力尽了。而灰猎狗们仍保存着力量，沿着山谷慢慢前行。不一会儿，它们就直接跑起来了。

我们无法加入其中，只能屏住呼吸，满怀期望地注视着它们。

它们又向我们走近了一些，风送来了狗群的许多信息。那只大黑狼一直向峭壁上走去，似乎非常熟悉那条道路，它的行动牵动着我的心，毕竟它是回来营救它的朋友才被追踪到的。当看到它四处张望，爬向陡峭的山坡，感觉它抱着必死的决心也要回到自己的山头上时，一股怜悯之情涌上我的心头。

荒地警棍比尔已经无路可逃了。15 只狗，还有支持它们的猎人已经把它团团包围。它已经不是在走，而是艰难地向上爬了。那些猎狗在后面排成了一排，正一步步向大黑狼逼近。

我们能听到猎狗们的喘息声，却听不到它们的叫声——它们没有勇气那么做。大黑狼仍在顽强地往上爬，绕着一个山坡，沿着狭窄的岩壁向前攀爬，又走了几米，来到峡谷上方背面的一个隐蔽处。跑在最前面的灰猎狗正在逼近那只大黑狼，它们已不再害怕这个筋疲力尽的敌人。

狼和狗都走到了最狭窄的地方，在这里走错一步就会跌入万丈深渊。大黑狼转过身，面对着追踪自己的那些猎狗，前爪牢牢地抓住岩壁，低着头，尾巴微微上翘，黑色的毛竖了起来，露出闪闪发光的狼牙，却依然没有发出能被我们听见的声音。尽管它的腿因为长途跋涉而软弱无力，但它的脖子，它的嘴，它的心依旧十分坚强。

现在，所有爱狗人士可以合上此书，因为一场残酷的战斗就要开始了。15 只狗对付一只狼，结果不言而喻。

猎狗们上来了。第一个先冲上去的猎狗，动作十分敏捷，根本没看清是怎么扑上去的。接着那群猎狗都涌上了那条狭窄的小路，排成了一个纵队。梅恩——猎人嘴里的荒地警棍比尔，在那些猎狗们上来后，勇敢地接受它们的挑战。一只猎狗扑过来，梅恩一个反攻，便在它身上撕开一道很深的口子，猎狗重重地落到地上，失去重心，跌下山崖摔死了。

另外两只猎狗也想靠近梅恩，它们一个猛冲，一个狠拽，结果都从那条窄道上掉了下去。之后是猎狗蓝点，在强壮无比的猎狗奥斯卡和勇敢无畏的猎狗蒂奇的支持下也开始了攻击。尽管战斗十分激烈，但是大黑狼始终站在岩石旁，丝毫没有后退。而那些猎狗们却不见了踪影。

后面的猎狗逼迫着前面的猎狗继续战斗，直至倒下死去。从动作最敏捷的猎狗到最大的猎狗，直到最后一只猎狗倒下，大黑狼通过撕、咬、拽，依次把它们从岩壁上摔到下面的深谷里，它们碰到锐利的岩石和树枝，一命呜呼。

这场惨烈的战斗在短短的 50 秒之内就结束了。山下的岩石上布满了猎狗的尸体，潘罗夫的猎狗队伍全部被消灭。但梅恩依然傲立在自己的山头上。

梅恩等了一会儿，看到再无猎狗上来挑战，它喘了一口气，然后第一次抬高声音，有气无力地发出一声长嚎，以庆贺自己取得胜利。接着，它又发出一阵低沉的吼叫声，声音久久回荡在圣地尼尔山的深谷里。

我们所有的人都像石头一样，呆呆地愣在那里，被眼前这场触目惊心的战斗惊呆了，甚至忘了手中还有枪。这一切来得如此之快，结束得又如此之突然，让人猝不及防。

我们一动不动地站在那里，眼睁睁地看着大黑狼离开岩石。我们走过去，想看看是否还有猎狗活着。但是没有一只幸存者，我们半天说不出一句话来。

灵犀一点

只用了短短50秒的时间，梅恩便取得了与猎狗们战争的胜利。梅恩会利用地形占据有利位置，轻而易举地杀死那些围猎者。强壮的身体很重要，而聪明的大脑在关键时刻能发挥更大的作用。

第十一章　落日嗥叫

大黑狼带领的狼群又开始活跃起来……

一周以后，我和金·瑞德骑着马从原路回到了营地。

“潘罗夫那个老头现在对这只狼很无奈。”金·瑞德说道，“如果可能的话，他真想把所有的牛都卖掉，他现在都不知道下一步该怎么办了。”

太阳从圣地尼尔山上落下去了。当我们来到通向杜蒙特的岔路口时，已是傍晚时分。河谷的平原上传来一声低吼，紧接着响起了许多狼高亢的回应声。

我们什么都看不见，仔细地倾听着，叫声连续不断地重复着，这是狼群准备捕杀猎物的声音。接着声音慢慢变弱，突然，又响起尖厉的吼叫声和短促的低吼声，这是狼群在靠近猎物的信号；紧接着传来了一声十分短促的叫声，显然猎物已经被咬断了喉咙。

捕猎人金·瑞德摸着马冷冷地说："就是它——荒地警棍比尔，它和它的狼群又出发了，要去捕杀另一头牛了。"

灵犀一点

狼群开始了新的征程，动物世界的生存法则就是弱肉强食。只有自己强大，才能立于不败之地。